ある少女の人生

春野 雅人
HARUNO Masato

文芸社

目次

プロローグ

はるか昔、運命を見る力を持った魔物は運命を見た。

大神に火から創られた、この魔物は、人が最初に目にした魔物。

この魔物は今日では「原初の魔物」と呼ばれ、ある御伽噺《おとぎばなし》の中で描かれた姿しか見ることのできない存在となっています。

最早、実在すら疑われている原初の魔物は確かに存在しました。

架空の存在とされてしまった原因は、ある時、ある場所に魔法使いの王と呼ばれることになる原初の魔物が描かれている御伽噺の主人公にして、世界に知らぬ者のいない有名な魔法使いが誕生したことです。

彼は大陸にはるか昔から存在した古き魔物たちを、ほとんど消滅させ、人の上に立っていた魔物たちは突如として、その座を奪われ、動揺し、混乱する中で、原初の魔物は最強の魔法使いの男に戦いを挑み、敗北しました。

敗北した魔物は小さな瓶の中に封印され、暗い海の底に沈み続けることになったのです。

一方、彼は魔法使いの王として君臨し、後世に伝説として、その名が残ったのでした。

魔法使いの王の数多の伝説の中でももっとも有名なのが、この原初の魔物との戦いです。

それは、御伽噺となり、ある少女が誕生する、その時代まで語り継がれたのです。

出会い

　ある時、最弱の魔法使いである少女は海に浮かぶ、手のひらに収まるほどの小さな瓶を拾ってしまう。

「人間！　そこに人間がいるのか！　ふたを開けてくれ！　もう何千年も暗い海の中にいて、うんざりなんだ！　こんなチャンスは二度と来ない！　頼む！　俺を外に出してくれ！」

　必死で少女に懇願する瓶の中の魔物。

「外に出ても人間に危害は加えないですか」

「危害なんて加えるはずがない！　ましてや封印を解いてくれる人間に危害なんて加えるはずがない！　頼む！」

「本当に約束できますか」

「もちろん、神に誓って！」

少女は少し悩んだ末にふたを開けた。

原初の魔物は長い封印から解き放たれる。

「クックク、アッハハ！　やっと封印から解き放たれた！」

「良かったですね」

封印を解いてくれた少女に魔物がこう言った。

「神ごときとの誓いなんて俺は簡単に破る。死ぬがいい、人間！」

「ッ⁉」

「すぐに殺そうと思ったが、面白くないな、人間、最期に何か言うことは？」

「さっき危害を加えないって約束したじゃないですか！　どうして約束を破るんですか！　それに私、まだ死にたくないです！」

「何もない何もできない、生きているのか死んでいるのか、自身が存在しているのかも分からないほどに苦しかった……だから、数百年ほど前から封印を解いた人間を真っ先に殺すと決めた。そう決める前に俺を封印から解かないおまえが悪い」

「数百年前になんて私は生きてませんよ！　まだ十五年しか生きてないのに、どうやって、あなたがそう決めた数百年前に封印から解けと言うんですか！あんまりですよ、こんなの！」

魔物が巨大化していく。

「うるさい、おまえの都合など、俺には関係ない」

「ッ⁉」

少女は涙目になる。

そして、巨大化していく魔物にこう言った。

「この馬鹿でかくなることしかできない魔物め！　どうせ、その巨大な手で私を押しつぶすんでしょう！　そんな馬鹿みたいな力しかないなんて！　この馬鹿魔物！　恩知らず！」

少女の言葉を聞き、巨大化をやめる魔物。少女の声は、なぜか無視できないのだった。

「なに？　馬鹿だと⁉　恩知らずは間違っていないが、この俺を甘く見るなよ！　小さくなることなんて造作もない！」

あっという間に小型化し、少女の肩の上に乗る魔物。

「どうだ！　人間。この程度のことなど、俺には簡単なことなのさ！」

少女は肩の上に乗った魔物を見て思いつく。

「私の手の中に収まるほどは、小さくなれないでしょう？」

「ん？　そんなこと造作もないが？」

さらに小さくなり、差し出された手の中に収まるほど小さくなってしまう魔物。

「それが限界なんですか？」

「なに？　限界だと！　見ていろ、もっと小さくなることも俺には簡単なことだ」

元の瓶の中にいた大きさにまで小さくなる魔物。

そして、少女の手の中にいる魔物は、封印されていた瓶の中に素早く押し込まれ、ふたを閉じられてしまう。

「……あの……もう一度、ふたを開けてもらっても？」

「嫌」

絶対零度の眼差しで魔物を見る少女と、絶望感に打ちのめされる魔物。

「海へ帰りなさい！　この恩知らずの魔物！」

少女は魔物が封印された瓶を海へと全力で投げようとした。

「待って、お願いだから待って！　許して！　封印を解かなくていいから！　そばに置いておいてくれるだけでいいから！　何もない世界に戻るのは嫌だあああああああ！」

絶叫する魔物の声を聞き、少女は投げるのをやめてしまう。

「仕方ないですね、恩知らずで間抜けで最低な魔物を海に捨てるのは、やめてあげます。そこら辺の適当な場所に捨てます」

「ありが……って結局捨てるの⁉　お願いします！　そばに！　そばに置いて

ください！」

「どうして、こんな物騒なやつをそばに置いておかないといけないんですか。『開けると嘘つきで最悪な魔物が出てきて人間を殺そうとする』と紙に書いて、瓶に添えて捨てます」

「そこをなんとか、どうかお許しを！」

惨めにも魔物は全力で少女に懇願している。

「魔法学校の先生たちに、相談するしかないかな」

「魔法学校の先生たち？　それは、もしや、魔物に詳しそうなのがいたりするのか？」

少女は魔物が学校の先生たちに興味を持つのを怪しく思いつつも、魔物に答えてしまう。

「歴史の先生なら、詳しいと思うけど」

「素晴らしい！　ぜひぜひお会いしたい！　もちろんご主人様も一緒に来ていただきたい！」

「ご主人様って……何か、また悪いことしようとしていませんか」

「ま、まさか。仮にそう考えていたとして瓶の中にいる私ごときに何ができると言うのですか。ご主人様には絶対服従ですとも」

「怪しい……けど、確かに瓶の中にいる以上は何もできないだろうし、このままでも困るだけだから、先生に会いに行こう」

「素晴らしい！　さあ、すぐに行きましょう！　今すぐ行きましょう！」

少女の顔が曇る。

「どうしましたか、ご主人様よ。早く学校に行きましょう」

「私、学校をサボってここにいるから行きづらいというか、なんというか」

「ん？　サボった？　なぜ？」

「あまりにも魔法使いとしての才能がなくて、先生たちからも親からも周りの人たちからも見限られているから、学校にいるのがつらくてしょうがないの……だから、行きたくない」

「そんなにも才能がないのですか」

「学校の中で最弱の魔法使いって言われてます……アハハ……はぁぁぁ」

自分で言って自分の言葉に溜息をつく少女。

「なるほど、それは良い」

「え？」

「確信した。きっと私が、あなたに拾われたのは運命でしょう。今は、もう運命を見る力を使えませんが、きっとそうです。私を学校に連れていってください。そして、こう伝えるのです。魔法使いの王でさえ消滅させることはできず、封印するしかなかった魔物を自分のものにしたと」

魔物は、もう一押しだと畳みかける。

「あなたのためなんです」

優しい声で語りかける魔物に、すっかり騙されて少女は学校に向かう。魔物は瓶の中でニヤついている。

石で舗装された道の横に一定の間隔で木々が立ち並び、穏やかな風が吹いて無数の葉が揺れている。人通りが少ない道ではあるが、今日は特に少ない。

「ん、あの魔法使いに話しかけろ」

「さっきのへりくだった態度、どこに行ったんですか⁉」

魔物の態度の変わりように思わず、ツッコむ少女。ツッコミを入れつつも、妙にへりくだった態度を続けられるよりは、こっちの方がこの魔物らしい気がしてほっとするのであった。少女は顔の近くに瓶を持ってきて、

「なんで私があなたの言うこと、聞かないといけないんですか」

「もし、言う通りにしてくれたら、おまえに力を貸す。どんな脅威も打ち払ってやるから。ほら！　あの人間、どこかへ行ってしまうぞ」

「本当かな……？　あの人が封印を解くことはないだろうけれども」

少女は瓶の中の魔物に言われるままに、黒いローブを身に纏った腰の曲がった老人に話しかける。

「おや、その瓶の中にいるのは魔物かね」

老人の顔はフードでよく見えないが、どこか楽しそうな声色である。

「はい、さっき拾いまして……」

「おい、爺さん、あんた何者だ。只者じゃないのは見たら分かる」

瓶の中から魔物は老人に話しかける。

「この国では珍しくもない、魔法を扱うのが少し得意なだけの老人だよ。お嬢さん、瓶を貸しておくれ」

少女は瓶を老人に渡す。

すると、鎖が瞬く間に創造され、瓶とつながり、ペンダントになった。

「はい、どうぞ」

ペンダントを受け取る少女。

「ありがとうございます。でも、魔道具も使わずに、どうやって……え？」

老人の傍らに黄金の毛並みを持った巨狼が現れる。

そして、次の瞬間、老人と巨狼はその場から消えていた。最初から存在しなかったように……。

「あの魔法使い、只者じゃないな。まあ、持っているよりは首にかけてた方が楽だからな。せっかく創ってもらったんだ、このペンダント、着ければいいんじゃないか」

瓶の中の魔物に言われるままにペンダントを身に着ける少女。

「結局、あのお爺さんと神の使いのような獣が何者か分からないままだけれども……今は学校に行くのを優先しないと」

「神の使いのような獣？　まあ、いい。学校に行くぞ」

誕生

そして、事は起こる。

「聞け！　愚か者ども！　ここに座すは、魔法使いの王を超える偉大なる者！　全ての運命を知り、運命に干渉できる最強の魔物である俺は見た！　この娘が今すぐ王になれば、この国は未来永劫、安泰である！　さもなくば、この国は滅びる！　運命を知る魔物である、この俺が保証する！」

ペンダントを着けた灰色の髪の少女は魔物の高らかな宣言に、開いた口が塞がらなくなる。

魔法学校の教師たちは魔物の正体を看破して驚愕し、魔物の言葉を信じる者が現れる始末。そして、彼ら彼女らは次々に魔法で操られているように話しだす。

「原初の魔物、大神が火から創造した伝説の魔物！」

瓶の中の魔物は、狼狽《うろた》える人間たちを気分良さそうに見る。

「神以外で運命を知り、運命に干渉できる、神に匹敵する魔物だ。魔法使いの王との戦闘の後に消滅させられていなくなった。そのはずだった……まさか歴史の表舞台から消えたはずの伝説の魔物が封印され、海の底で生きていたとは！」

教師たちは先ほどの、原初の魔物の言葉が脳裏にこびりついて離れず、錯乱気味になる。そして、原初の魔物が言う「王になるべき運命を持つ少女」を一斉に見る。

「彼女が王にならなければ、国が滅びるのでは⁉」

「一刻も早く魔法民会を開くと王に伝えなければ！」

「運命なんぞ、見てないがね」と瓶の中から笑いを含んだ小声が聞こえた。

「え？」

白熱して話し合う先生たちを見て、瞬きすることさえ忘れ、今、何が起きているのか理解できない少女。

そんな少女を虚仮《こけ》にして大笑いするのを堪えている魔物。

「ご主人様が困っていれば力を貸すさ。なにせ、俺はおまえに服従しているからな。ま、いつでも頼ってくれ」


椅子に座って黙り込んでいる少女。

「ところで、おまえの名は？」

そんな少女に、忘れていたと言わんばかりに名を聞く魔物。

「ニナ……だけど、最低最悪嘘つきで恩知らずで、私に封じ直されてしまう魔物が、どうして私の名前を聞くの？　もしかして、名前を知ることで私を呪い殺せたりするとか？」

「名を知ったところで、呪い殺すことは俺にはできない。ところで、どんどん呼び方ひどくなってないか。俺に名はないが、せめて魔物さんって呼んだらどうだ？　これでも何万年も生きている伝説の魔物だ。少しは尊敬の念を持ってもらってもいいくらいだ」

「暗澹《あんたん》としている未来に泣きそうな私に、よくそんなこと言えますね。元凶のあなたが」

「まあ、少しやり過ぎた感はあるが、命があるだけマシだろう。命あっての物種、とよく言うだろう」

「あなたが言うなと大声で言いたい。簡単に命を奪おうとするような下劣な魔物さんが何を言っても説得力ありませんよ」

「下劣って、これでも大神に創造されたんだが……最上位の魔物だぞ」

「あんぽんたんなのに？」

「久々に海の底から地上に出て頭が冴えていなかっただけだ」

「嘘つきで恩知らずで最低で最悪なのに？」

「そんなに言うか」

「ええ、根に持っているから。未来永劫」

「恨まれていることはよく分かった」

「どうして、あんな宣言をしたんですか」

「もちろん、ノリだ。あと、ついでに封じられた仕返しだ」

「絶対に許さない」

「アッハハハ、良いなぁ……楽しいなぁ」

自分のしでかしたことを棚に上げ、話せる誰かがいる幸福をしみじみとかみ締める魔物。暗い海の底では、絶望しかなかったからだ。

そして、感慨深く、魔物は心の底から本当に思っていることを言う。

「たとえ恨み節でも、誰かの声を聞けるのは、海の底にいるより何千倍も楽しい」

「なに勝手に満足しているんですか……明日には海の底に戻してやりましょうか」

「こわ！」

魔物の宣言により激震が走る王宮で王は療養中だった。

「それは本当か」

家臣のウィッツの報せに王は驚きの声を上げた。

「はい、あの瓶に封じられているのは、間違いなく原初の魔物です」

「ウィッツ、私は信じるべきであろうか。疑うべきであろうか」

「今の段階で原初の魔物の言葉を信じるのは時期尚早です。ほかの者たちも同様の意見です」

「……一度会って話をしたい」

王は、魔法学校に来た少女の謁見《えっけん》を許し、彼女と会うことにした。


ニナと原初の魔物が一緒に王宮の一室にいると侍女がドアをノックする。

「ッ！　はい、どうぞ」

ノックの音に少し怯えた後にニナは入るようにと声を出す。

「……ニナ様、陛下が、あなた様にお会いしたいようです」

侍女は、目の前にいる少女の纏う雰囲気が独特で自身の主以上に畏まってしまう。

「え、私が王に謁見する？」

「何、驚いているんだ。魔法使いの王の再来、いや、それ以上の逸材のおまえに会ってみたくないわけないだろう」

「それは、あなたが勝手に言ってるだけでしょう」

「な、なぜバレた」

焦った声が瓶の中から聞こえてくる。

「はぁぁ……運命見てないって言っていたのを私は聞いてましたから。今から王に謁見するんです。ちゃんと嘘でしたって言ってくださいね」

「嫌だね！」

「この魔物ッ！」

瓶の中の魔物の言葉に怒りつつニナは思いつく。

「あなた、海の底に長いことといて苦しかったって言ってましたよね」

「あ？　それがどう……暗い……海の底みたいでこわっ！　おい、やめてくれ光を遮るんじゃない！」

瓶を両手で覆い、瓶の中を暗くするニナ。

「やめてほしかったら、私の言う通り王には嘘だと言ってください」

「分かった！　分かったから暗くするのはやめてくれ！」

ニナは瓶から手を離す。

「じゃあ、行きましょうか」

「卑怯だぞ！　俺が封じられていて何もできないのをいいことに酷いことしやがって！」

「あなたが悪いんでしょう。まったく」

ニナはそう言うと立ち上がり、侍女と共に王の元へと歩みだす。

玉座にて待つ王ヒペリカムはニナと相対して、すぐに、その独特の雰囲気に呑まれる。

何とか、体に鞭を打ってやってきた甲斐があったと思う王。

「君が原初の魔物を従えた。運命により選ばれし王……」

王は七十代の老齢であったが、身体つきはそんな高齢を思わせなかった。

そんな王に少し怯えつつもニナは言葉に力を込め、紡ぎ出す。

「私は選ばれし王ではありません」

その言葉を聴いた王は次の言葉に強制的に耳を傾けさせられるような感覚に襲われる。

「この運命を見る力を持つ魔物が真実を告げます」

瓶の中の魔物は、こう言う。

「人間……この俺の宣言を知っているにもかかわらず、疑うと言うのか！」

「え⁉」

ニナが瓶の中の魔物の言葉に驚く。

「我が高貴なる主の誇りを傷つけ、運命に逆らい、人々を窮地に追いやると言うのか！　お前こそ運命の反逆者、大神に大罪を問われるべきだろう⁉　ニナは一刻も早く王になって人々を救おうとしただけだ！　したがって、『私は選ばれし王ではありません』という先ほどの言葉は深い失望の表れなんだ！」

ニナは、原初の魔物の言葉に、あわあわと狼狽える。

「そうであったのか……それほどまでの決意を持っていたとは」

王は目を閉じ、そう言った。

「違うんです！　私は選ばれし王なんかじゃありません！」

ニナが否定すると首を横に振り、こう言う王。

「もう私は君を疑わない」

ニナは、その後も否定したが全てが手遅れ。この原初の魔物の言葉が新聞記者にまで伝わり、新聞各紙に掲載されると、原初の魔物を従える運命に選ばれし王である少女は民を想う英雄であると、国内でニナを知らない者などいないほどの注目を集めることになる。


「きっとこれは運命なのだ、あの子と相対して分かった」

「陛下は、原初の魔物の言葉を信じるとおっしゃるのですか」

魔法を扱うことに長けた者が多いこの国は、魔法使いとしての実力が重んじられる。

そんな国において魔法の才能がない者が、頂点に君臨するなど前代未聞で、いくら運命を見ることのできる伝説的魔物を従えているとはいえ、ニナのような者が王になるなど、もっとも忌むべき事態。

「ウィッツ、戴冠式の準備を」

「……陛下が、その運命を信じるというのなら致し方ありません」

国を代表するような実力ある魔法使いウィッツは頭を垂れ、王の決断に従う。

廊下を歩くウィッツは、ニナの姿を脳裏に思い浮かべる。

「表に出てくるのは時間の問題と思っていたが、原初の魔物を従え、王の座に手を伸ばすとは……」

ウィッツは、この国随一の魔法使い。そんな彼はニナのことを、昔未遂に終わったある事件をきっかけに知っていた。

「原初の魔物が運命を見たのだ。偽りであるはずがない」

ウィッツはニナを王にすべく足早に動きだす。

ニナは瓶の中の魔物にしてやられ、項垂《うなだ》れていた。

「ククク……アハハ！　ああ、愉快愉快！」

ニッコニコ笑顔で気分が良さそうな瓶の中の魔物。

ニナは瓶を両手で覆う。

「暗い！　怖い！」

怯える瓶の中の魔物を無視してこう言うニナ。

「大神様どうか、私を王にしないようにしてください」

瓶を両手で覆いながら祈る。

「祈りながら、嫌がらせするなよ！　鬼！　魔物！」


ニナの想いとは裏腹に事は進む。

世界に「原初の魔物を従える新しい女王」の誕生が報ぜられ、驚きとともに世間に広まった。

未来を知る少女

くすんだ黄金の髪色の少女、アカリが空間を裂いて現れる。

そして、咲き誇るような笑顔で言う。

「到着!!　久しぶりに未来から過去へ！」

誰もいないというのに一人元気一杯の少女。

アカリは、一面に広がる美しい白い花に目を落とす。

「それにしても、綺麗な花ですね」

美しい白の花々を眺めながら軽やかに、踊るように歩み始めるアカリ。

しばらく美しい花々を眺めながら歩むと、アカリが何かに気が付き、立ち止まるとこう言う。

「退屈しのぎに悪事を失敗に終わらせてやろうっと」

近くの街にやってきたアカリは人々から奇異の目で見られる。彼女の服装は、この辺りでは見たことのないものであったからだ。

「見つけた、あの馬車ですね」

アカリは御者をしている少女の馬車の荷台の上に軽やかに跳躍し飛び乗る。

「ちょっとしたアトラクション体験みたいなものです。空へご案内！」

荷台の上から楽しそうに笑顔でそう言い、馬を置いて馬車のみを黄金の光で包むと上空に瞬間移動させる。

「え……落ちる！」

馬車と共に上空に放り出され、青ざめる少女がそう言う。

アカリは少女を抱えると馬車から離脱する！

ズドォン！

上空で馬車が爆発して爆発音を盛大に響かせる！

爆風で、くすんだ黄金の髪を靡《なび》かせながら、アカリが軽やかに着地する。

突然の爆発に辺りは騒然となる。

「怪我はないですか」

アカリは微笑み少女に聞く。

「はい……」

御者の少女は何が起きたのか理解が追い付かず、半ば夢を見ているように、
そう言う。

「まあ、馬車だけ空に転移させれば良かったんですけどね」

アカリは、そう言うと抱えていた少女を降ろし、手をひらひらと降ると楽しそうに跳ねるように走って去ってゆく。

「何だ、アイツ！　くそ！」

計画の失敗を確認した者は裏路地に走って逃げる。

「どこに行くんですか」

「な、いつの間に」

視線の先には見たことのない変わった服装のくすんだ黄金の髪色の少女がいた。

「あなたがやったんでしょう。私の目からは逃れられませんよ」

瞳が輝き、人間とは思えない異様な雰囲気になる。

自身の持つ魔道具の手袋に魔力を漲《みなぎ》らせる。

ポケットの中に入れてある小石をいくつか握り、目の前の少女に小石を投げる！

「お前が何者か知らないが、爆《は》ぜて消えな！」

アカリは光り輝く剣を創造すると、飛んでくる小石を払う。

少女の目の前で小石を爆発させようとしたが投げた小石は消滅していた。

「……え？」

信じられない速度で少女が突撃し、腹部に強烈なパンチが突き刺さる！

「何者だよ、お前……へんてこな格好してるくせに」

意識が遠のき倒れる。

「しばらく寝てるといいですよ……ってへんてこな格好⁉　酷い！」

唐突に自身の格好を貶《けな》され、傷つくアカリを最後に見ながら男は完全に意識を手放した。

記録

世界から隔離されたとある場所で、少女の姿をした精霊がひたすらに何かを書いていた。

「彼女は自身の能力に苦しんでいて、その友人は彼女を助けたい」

一人ぶつぶつと独り言を言う精霊。

書き終わると投げ、空を舞う紙は違う異界に呑まれて消えてゆく。

手を空間に翳すと新聞が現れ、それに目を通す。

「原初の魔物を従える新しい女王……」

新聞を机の上に置く。

再び、何もない空間から白紙が現れ、それを手に取ると書き始める。

「神々の創った都に住まう何十万の命を一夜にして奪った……」

書いては異界に放り投げ、書いては異界に放り投げ、様々な人物のことを記録した紙が現れては消えてゆく。

ドゴッ！

静寂に支配されているはずの場所に異音が響く。

空間が裂かれ、くすんだ黄金の髪色の少女アカリが現れる。

「マリーさん！　久々に遊びましょう！……じゃなかった。魔法使いの王について何か新しい情報は、ありませんか」

「あなたが喜びそうなことが書かれた新聞なら、あります」

「え、何です……どれどれ」

笑顔でウキウキな様子で机の上に置いてある新聞を手に取る。

新聞の記事の一面を飾るニナの写真を眺める。

新聞を読んでいたアカリが、精霊に問う。

「会いに行きますか」

「魔法使いの王の再来と謳われる少女に興味がないわけがありません」

それを聞いて笑顔一杯でこう言うアカリ。

「決まりですね！」

楽しそうな様子のアカリに精霊マリーが問う。

「ここに来る少し前に人の子を救いましたね。いいのですか」

アカリが救った人間の情報が書かれた紙を取り出し、見せる精霊マリー。

「救った……ああ、ここに来てすぐ、神視点で周囲を見た時に死にそうになっていた女の子のことですか？」

「未来から来ているあなたが過去の人間の生き死にに干渉して良いのですか？」

「世界の片隅で起きている細やかな運命を変えたところで、世界の運命に影響なんてありません。まあ、仮にそうでなくても、助けられる命を見捨てるなんてしませんよ」

「なるほど……」

精霊は、記録する。

記録した紙を異界へ。

アカリは精霊マリーの手を取り、元気良く明るくこう言う。

「じゃあ、一緒に行きましょう！」

灰色の魔女

ウィッツは新しい王であるニナ女王に戴冠式の運びを伝えるべく歩いていると、慌てた様子の部下に呼び止められる。

「ウィッツ様！　一大事にございます！」

「どうした、何があった」

「はい、国内に灰色の魔女が侵入し、阻む兵たちを蹴散らしながら真っ直ぐに、こちら目掛けてやってきているようです！」

「何⁉　なぜ、灰色の魔女が⁉」

灰色の魔女は、かつて人類を救った魔女であるが、理由は不明であるが時折、国に攻め込み滅ぼす一種の災厄となっていた。

その灰色の魔女が、この国にやってきたということは滅びが確定したということだ。

「……」

あまりの報せに立ち尽くすウィッツ。

その時、ニナの姿が脳裏に思い浮かぶウィッツ。

「彼女ならば」

そう言うとウィッツは再び、歩きだした。

仲裁

ここ数百年は惑星規模で異常気象が発生しており、一年中、厳しい寒さが続き、夏に雪が降る有様。

新女王を祝う日も間近な頃、無数の雪が辺りを清め、祝福ムードを作るかのごとく降り続いた。

そんな空模様の下、慣れない玉座で、ニナはそわそわしつつウィッツと一対一で会話をしていた。この時のニナはペンダントを着けていたから、正しくは人間二人と魔物一体だが。

こちらを眼光鋭く見るウィッツに心を見透かされているようで、早くこの場から離れたいニナは、目の前の、この国随一の魔法使いに魔物のせいでこうなったことを話す。

全てを話し終えた時、ウィッツの反応は、ニナの予想したものとは真逆だった。

「これは……まさか、以前よりも強くなっている」

ありえないものを見るような目でニナを見ているウィッツの姿が、そこにはあったのだ。

ウィッツはニナの天性の才覚の成長を感じ取り、それを喜びつつこう言う。

「このウィッツ、全力をもって、あなた様の支えとなってみせましょう。すでに、偉大なる者の誕生に大勢の者が集いつつあります。その中に招かれざる客たちもいると聞いておりますが、この私が対処するゆえ、ご安心ください」

「アハハ！　うわっ！　暗い！　暗いのは嫌だ！　やめろ！」

瓶の中の魔物が大笑いしようとしたので、ニナは瓶を両手で握って光を遮る。

そして、何か思いついたのか、ニナの目は輝く。

「招かれざる客は、私がどうにかします。あなたは暖を取るといいですよ、今年は寒いですからね」

「しかし、そんな雑事で、あなた様のお手を煩わせるわけにはいきません」

「いえ、その招かれざる客は、あなたでは対処できません」

感服するよりなかったウィッツ。

「さすがの慧眼、恐れ入りました。試すようなことをして申し訳ない」

ウィッツは、いよいよ畏敬の念を新たな女王に持つようになる。

「え？」

当のニナは適当に言ったことが正解だったことに驚く。

ウィッツは、ますます新たな女王への勘違いを深める。

「私は戦うことのできぬ者たちを連れ、避難します。陛下の勝利後の処理は私にお任せを。私は準備に取りかかりますゆえ」

「おい、ウィッツ」

先ほどまで光を遮られ、海の底を思い出し恐怖していた魔物がウィッツに話しかける。

「戦えるやつらも城から避難させるといい。女王様にとっては足枷にしかならない」

魔物の言葉に唖然としている新女王の姿を肯定とみたウィッツは、城を無人とするために静かに部屋を去る。

「よくも瓶を暗くしてくれたな！　だが、これでおまえは招かれざる客を一人で迎え撃つしかなくなったな！　いい気味だ！」

「ッ⁉　余計なことを！」

ニナは自身が王にふさわしい力がないことを証明しようと考えていた。

このままでは状況が悪化していく一方なので、招かれざる客を利用し、多少の危険を冒してでも周囲に自分が王になどなる器でないと知らしめる好機であると考えていたニナを、一転窮地に追いやる瓶の中の魔物。

ニナはろくに魔法を扱うことなどできず、初歩的な魔法を扱える幼い子どもにさえ勝てないほどだ。

ニナはこんなことになるのなら、招かれざる客を自分がどうにかするなどと法螺《ほら》を吹くべきではなかったと激しく後悔し始めた。そんなニナを置いてどこ吹く風の瓶の中の魔物が、強大な魔力を感じ取る。

「ん？　おい、ほんとに強いやつが来てるな」

「最悪あなたを囮《おとり》にするしかないか……」

「良いアイディアだ、今すぐ解くべきだぞ……囮だって⁉　封印から解いて俺の力を借りて倒すとかじゃないのかよ⁉　原初の魔物！　俺、強いの！　囮って何だよ！」

ニナは極度のストレスに襲われる。

このままでは招かれざる客に殺される。

「待てよ……なんだ？　この感覚？　ニナ、俺に今何した？」

しかし、瓶の中の魔物を封印から解けば、それはそれで殺されるかもしれない。

時間のみが進み、深い絶望と精神的な疲労に襲われ続けるニナ。

瓶の中の魔物が何か言っているが、それを聞く余裕すらニナからは失われていた。

時は止まることなど知らないように進む。

城にて、一人、招かれざる客を玉座にて待つ女王、ニナ。

現れたのは灰色の魔女。

彼女からあふれ出る魔力は禍々《まがまが》しく、途轍もなく強大。

しかし、灰色の魔女は自分をたった一人で待ち受ける、魔法使いの王さえ超えるという生ける伝説から放たれるオーラに圧倒される。

「この気を抜くと呑まれそうな雰囲気、魔法使いの王と同じ」

仮面を被っている灰色の魔女はニナから漂う独特な雰囲気を危険だと本能を通じて感じ取りつつ、そう言う。

「一つ質問をしていい？」

ニナ女王の言葉に、不思議と耳を傾けてしまう。

「私たちが争う理由があるなら、教えてほしい」

「理由がないといけないの？」

灰色の魔女がニナの言葉に抗う。

「理由がないのなら……」

ニナが静かに立ち上がる。

身構える。ニナが近寄るほどに独特な雰囲気が強まり、灰色の魔女は跪《ひざまず》いてしまいそうになる。

ゆっくりと歩くニナ。

ニナ女王から一ミリも殺気を感じないことに恐怖を覚える。

仮面を被った魔女の目の前で立ち止まったニナは、ゆっくりと堂々と、紡がれるその言葉に力を宿らせる。

「私は戦わない。明確な理由がなければ、私は納得しない」

ニナの言葉が、魔法のように魔女を縛る。

「理由は……」

灰色の髪の魔女が仮面を外す。

「え？」

灰色の魔女の素顔を見たニナは驚き、こう言う。

「あの……もしかしてお母さん？」

「違うわよ！」

灰色の髪の魔女は、お母さん呼ばわりするニナを怒る。

「何だ、エリカじゃないか」

「知り合いなんですか」

自分の母と似た顔の魔女に、妙に親近感を感じつつ瓶の中の魔物にそう聞くニナ。

「ああ、懐かしいな。元気だったか」

楽しそうに笑顔でそう言う瓶の中の魔物。

「元気よ……じゃなくて私は文句を言いに来たの」

仮面を再び被る灰色の髪の魔女。

「どうして、皆、ニナ女王に似ていると言うの！　あなたが私に似ているのでしょう！」

「え？　ええと、はい」

灰色の魔女の剣幕に押され、同意するニナ。

「そりゃあ、何千年も前に生まれたエリカにニナが似ているのが正しいな。けど、今の人間はエリカのこと知ってるやつの方が少ないだろうからニナに似ているって思うんだろうよ」

原初の魔物が、そう言う。

「悔しい！　あれだけ苦労して人々を救ってあげたのに！」

灰色の髪の魔女は、そう言うと拗ねてそっぽを向く。

「まあ、エリカが人類を救うのは運命だから努力しようがしまいがどうせ救うんだけどな」

原初の魔物を仮面の中から睨む灰色の髪の魔女。

「あなたは瓶の中の魔物となるのが運命だったみたいね」

「何だと……この俺と勝負しろ！」

「ええと、二人とも落ち着いて」

ニナは原初の魔物と、かつて人類を救ったという魔女の仲裁をするために小一時間を要するのであった。


もう大丈夫だと城を避難した者たちを連れ戻したニナ。

「はぁぁぁ疲れた」

一人、部屋に戻り、溜息をつくニナ。

「あいつ久しぶりに会ったな、すっかり忘れてたぜ」

メイドたちに案内され連れていかれる灰色の魔女を思い出しながら、そう言う瓶の中の魔物。

「でも、あいつに会えるなんて思ってもみなかったからな。ニナに拾ってもらって良かった」

瓶の中の魔物は楽しそうな声色で、そう言う。

ニナは今の状況を生み出したそもそもの元凶が胸元にいることにげんなりと

する。

「……」

「ん？　どうした？」

「あなたが灰色の魔女と知り合いで助かったと思っただけです」

「ああ、まあ、そうだな。案外、強運なんだな、ニナって」

「運だけは昔から強いですけどね」

「へーそりゃあ、良いことだ。強運持ってるやつは、それで困難を乗り越えてしまうからな」

「……強運なはずなのに、どうして、こんなの拾ってしまったんだろう？」

瓶を顔の近くに持ってきて瓶の中の魔物をじーーっと見ながら、そう言うニナ。

「こ、こんなの⁉　不幸を呼び込む魔物みたいに言うんじゃねえよ！　むしろ、大神から創造されたんだから縁起魔物だろう⁉」

「縁起魔物って……そんなの聞いたことありませんよ」

こちらをシャァァァァッ！　と威嚇する瓶の中の魔物を見ながら、そう言うニナであった。

ウィッツに事の次第が伝わる。

「なんということだ！　国を滅ぼす力を持つ灰色の魔女を心服させたというのか！　やはり、ニナ様は全てを支配する！」

メイドたちは見た。

桁違いの魔力を持つ灰色の魔女が女王に従わされていた、その信じられない光景を。

「すぐに、この出来事を広めるのだ。世界に！」

そうして、事実とは大きく異なる誇張された記事を載せた新聞が再び出来上がる。

新聞には、招かれざる客が襲来する前のウィッツとニナのやり取りと、ニナ

――かつていくつもの国々を滅ぼした灰色の魔女が我が国に迫っていると報せを受けたのは、陛下へ戴冠式の運びをお伝えすべく歩いている時であった。

あまりの報せに立ち尽くすしかなかった私だが、脳裏に偉大なる魔法使いの王の再来たるニナ女王の姿が思い浮かんだ。

陛下ならば、どうにかできてしまう。

そういった確信めいたものが私にはあった。

そうして陛下にお会いした私は、この報せを最初は伏せていたが、慧眼たる陛下は、事の次第を見抜いており、私にこう言った。

「招かれざる客は、あなたでは対処できません」

私は、陛下から発せられる、あまりにも落ち着いていて自信に満ちあふれた言葉に圧倒された。

そして、兵など足手まといにしかならないことを察することができずに兵を残そうとした私に、あの魔法使いの王でさえ滅ぼせなかった伝説の魔物が陛下の代わりにこう言う。

「戦えるやつらも城から避難させるといい。女王様にとっては足枷にしかならない」

私は自分の愚かさを、痛感する。

ほどなくして、件の魔女がニナ陛下の待つ城に現れると、なんと魔女は戦うことすらせず、ひれ伏すのだった。

この魔女が世界を恐怖に陥れた過去は、世界中の者が知るところであろうが、陛下は戦うことすらせずに世界中の君の不安を取り除かれてしまったのだ。

これを魔法使いの王の再来と言わずしてなんとする！

――魔法使いの王の再来である！

の元にやってきた灰色の魔女が、どれだけの脅威であるか、ということが書かれていた。

今日の新聞に目を通すニナ。

「何これ……」

ニナは新聞を見て、寝ぼけた頭が痛くなる。

瓶の中の魔物が襲来者に気づき、ニナにこう言う。

「誰か来たようだぞ、女王様」

「え？」

魔法を使用し、扉を破壊して怒り心頭で入ってきたのは、灰色の魔女だった。

「お、戦わずにニナに心服させられた無様な魔女が来たか」

瓶の中の魔物が愉快そうに言うと、敵意がそちらに向かう。

戦闘態勢に入る灰色の魔女が敵意を剥き出しにして、こう言う。

「魔法使いの王に負けたくせに、あんなの私なら間違いなく勝てるわ」

「なんだと？」

「まあ、まあ、ここは穏便に……」

魔物が殺気を放ち始め、冷や汗が出るニナ。

そして、無自覚に力を使い、何とかこの場を切り抜けようと話しだす。

「二人とも落ち着いて」

ニナの力に魅了され、敵意が消える灰色の魔女。

「……いつか、この魔物を倒す」

灰色の魔女がそう言う。

「それはやめてほしい」

「どうして?」

「この魔物は私が使い魔として使役するつもりだからです」

綺麗なドレス裾をさばきながら灰色の魔女は、瓶の中の魔物を見てニナに言う。

「この魔物、強さにおいては頭抜けているけど、それを帳消しにするほど知性が低い残念な魔物よ。あまり役に立つとは思えないわ」

「否定はできないですけど……」

「おまえら、俺を馬鹿にしすぎだろ！」

瓶の中から抗議の声が聞こえる。

ニナは一拍置くとこう言う。

「一度は、この魔物に命を奪われてしまいそうになりました。けれど、本当に危機的状況なら、原初の魔物は助けてくれるような気がします。信用していないのに不思議です」

「まあ、いいわ。私は朝食を頂いてくるから」

灰色の魔女は、そう言って壊れた扉に手を翳すと、時間が戻ったように扉が元に戻る。

「魔道具なしで魔法使ってる⁉」

灰色の魔女は、さも当然そうにこう言う。

「魔物が世界の支配者だった時代の魔法使いは、魔道具なしで魔法くらい簡単に使えるわ」

「すごい……」

ニナは、驚くばかりであった。

疑念

　のんびりとニナ女王の元へ向かう未来から来た少女アカリと世界から隔離された場所に住む少女の姿をした精霊マリー。

　二人は道中にて行先が同じ不思議な存在と出会う。

　導かれるようにアカリたちは不思議な存在と行動を共にしていた。

　街ゆく人々から視線を浴びながら、歩く二人の少女。

「マリーさん」

と、アカリ。

「はい」

「あなたは世界で起きたありとあらゆることを記録しているんですよね。じゃあ、だいたい何でも知っていると思うんですけど」

「そのあなたが脇に抱えている動く石碑が何者かは、まったく知りません。ですから、非常に興味深いです」

「すまない、わざわざ運んでもらって。私自身も自分が何者なのか知らない。ただ、漠然とあちらへ向かうべきだという使命感のみがあるのだ」

石碑がそう話す。

「まあ、偶然にも、あなたが向かうべきだと感じている方向がニナ女王の元へ向かっている私たちと同じなので問題ないですよ」

「あなたは一日に限られた距離しか移動できないのですよね」

精霊マリーが動く石碑に問う。

「はい、一日に動けるのは三歩が限界です」

動く石碑の言葉を聞いて苦笑いを浮かべるアカリがこう言う。

「あれ三歩分の動きだったんですか……石碑が、ほんの少し前進しているようにしか見えませんでしたけど」

動く石碑と出会った時のことを思い出したアカリ。

「偶然とはいえ、奇妙な出会いです」

「ええ、本当に」

動く石碑はそう言うのであった。

「ところで私は、今日、自分の足で歩いていません。運んでもらってばかりでは悪いので自分で歩きます」

「ええ……まあ、いいですけど」

渋々、アカリが抱えていた石碑を地面に降ろす。

「ありがとうございます」

石碑はゆっくり体を左右に揺らし、右側を前に左側を前にと少し動くと止まる。

「今日も動きました。やはり、歩くことができるのは幸せなことです」

「フフ、お疲れ様です」

楽しそうな声色でそう言うと、止まった動く石碑を再び抱えるアカリ。

「どのような力が働いているのでしょう……」

アカリに抱えられる動く石碑を興味深く見る精霊マリー。

「今度、大神にでも聞いてみますか。あの人、今は休暇をとるとか言って、どこかへ行ってしまいましたけど」

「運命を管理する大神が休暇？」

「サボってるだけですよ。運命の管理面倒だから」

「怠惰であるとは聞いていましたが運命の管理を放棄するほどとは」

「禁忌を犯した魔法使いの王の対処も全部、私に任せてますしね」

「いったい、魔法使いの王は何をしたのですか」

「……秘密です。知られたら、ちょっと困るほどのことですから」

「ますます気になります。彼は原初の魔物との戦いの後に忽然と姿を消しました。それと何か関係があるのでは？」

「んーどうでしょうかね。石碑さんなら知っているかもしれませんよ」

「私は、その魔法使いの王と呼ばれる方について何も知りません」

「まあ、凄い魔法使いが昔いたんです」

アカリは抱えている石碑にそう言う。

「フードを被った老人の魔法使いになら会ったことはありますが……」

黒いローブを身に纏った腰の曲がった老人を思い浮かべる動く石碑。

「あのご老人が、もしや魔法使いの王だということはないのでしょうか」

「あはは、ないない」

ひらひらと手を振り否定するアカリであった。

天性の才覚

灰色の魔女は仮面を外す。

「な、ニナ女王！」

ウィッツは灰色の魔女の素顔を初めて見て驚愕する。

「あっちが私に似ているの！」

何食わぬ顔で灰色の魔女の隣で黙々と食事をしていたニナの先代の王は食事を終える。

「何で、この国の王が、ここにいるのよ」

「私は、もう王などではありませんよ」

「ニナが知らないところで先代の重鎮たちを宥《なだ》めているのでしょう」

「皆、ニナが王になることを受け入れられないようで苦労しました。けれど、あなたの協力があればより宥められるかもしれません」

露骨に眉を顰《ひそ》める灰色の魔女。

「そんな嫌そうな顔をしないでください」

「はぁ、まあ、いいわ」

渋々、応えた灰色の魔女に、優しく微笑み先代の王は手形のある石版を取り出す。

「すでに、ニナの情報は石版に与えてあります。あとは、あなたが、この石版に手を置くだけです」

「もう魔道具に、あの子の情報を与えているなんて。よほど、先代の重鎮たちを宥めるのに忙しいようね」

「この情勢が不安定な今、人々は強い指導者にすがりたいと願う。あの天性の才覚を持つ時点で世界はニナが王になることを望んでいるのでしょう」

「世界が望んでいる……ねえ」

灰色の魔女が石板に手を置く。すると石版は紫色に輝く。

先代の王はそれを見て、こう言う。

「やはり……ありがとうございます。灰色の魔女よ」

「どういたしまして、あなた、自分の体を少しは大事にしなさいよ」

「いえ、限られた時間に出来る限りのことはしたいのです。お食事のお邪魔をして申し訳ない」

灰色の魔女にそう言うと、老齢の先代の王は立ち上がって早歩きで、この場を去っていく。

灰色の魔女は、こう言う。

「皆、ニナの持つ天性の才覚に呑まれているわね。実際に、会って凄さが分かったけれど……」

「誰か！　あの黒馬を止めてくれ！」

部屋の外から、そう大きな声が聞こえた。

ニナは窓から外を見ると、青い魔力を迸《ほとばし》らせ疾走する黒馬がいた。

「おい、背丈を伸ばせ！　あんまり見えないだろ！」

「あなたみたいに人間は簡単に大きくなったりできないんですよ」

瓶を持つと窓の近くに持っていき、瓶の中の魔物が外を見やすくするニナ。

「凄いな、あの馬。装着されている魔道具が膨大な魔力に耐えられずに壊れそうになっているじゃないか」

騒ぎを聞きつけた兵たちが黒馬を止めるために魔道具に魔力を込め、各々の獲物に形状を変化させ黒馬を止めようと魔法を黒馬に撃ち込む！

黒馬は立ち昇る土煙を吹き飛ばし、障壁と化すほどの魔力を迸らせ疾走し続ける！

「ニナは行かないのか？」

「私が行ったところで何の役にも立ちませんよ」

「じゃあ、見に行くか」

じーっと瓶の中の魔物を見るニナ。

「はぁぁ、面倒なことにならないといいな」

「よ、ニナ陛下、さすがだぜ！」

ニナが黒馬の元へと向かってくれることを喜び、歯を見せ笑顔になる瓶の中の魔物。


黒馬はニナを見て体を硬直させる。

「あれ止まった」

ニナは、黒馬の前に現れるだけで、誰も止められなかった黒馬を止めた。

そして、ニナに向かって少しずつ歩み始める黒馬。

黒馬から青い魔力が迸る！

「え？」

黒馬はニナに向かって突進する！

「うわ！　体が浮かび上がってる！」

ニナの体が浮かび上がり、黒馬の魔道具の装着された背に乗る。

黒馬は魔道具を使用しニナを乗せると勢いそのままに走り続ける。

「……快適？」

ニナは黒馬が魔道具を活用し、騎乗者を透明な障壁で守り、快適な乗馬ができるようにしていることに気が付く。

「私より魔法扱うのが上手じゃないですか」

ニナは疾走する黒馬に、こう言う。

「快適だけど、もうそろそろ止まってください」

ニナの言葉を聞くと、素直に止まる黒馬。

「あの……」

「あなたは」

黒馬を止めてくれと叫んでいた男が現れる。

「ニナ女王、どうやって言うことを聞かせたのですか」

「どうやってと言われても何もしてないですよ。あと高くて降りるの怖いです」

黒馬は魔道具を使いニナの体を浮かび上がらせると、地面にゆっくりと降ろす。

「なんてことだ……陛下は完全に、この黒馬を従えている」

「お利口なだけじゃないですか、この子が」

黒馬を撫でながら、そう言うニナ。

「信じられない」

撫でられる黒馬を見て男は驚愕する。

「その黒馬は気性荒く、誰一人撫でることすら許されなかったというのに！」

「ちょうど、いいな、そいつに乗って遊びに行こうぜ」

「いきなり、何を言っているんですか」

瓶の中の魔物に、そう言うニナ。

「城にいるのあきた」

「あきたって言われても……」


机に座って、何かを書いていたウィッツはこう言う。

「いいですよ」

「ウィッツ、流石だ！」

「いいんですか」

ウィッツの言葉に驚くニナ。

「じゃあ、さっそく、街に遊びに行くか！」

瓶の中の魔物が楽しそうに、そう言う。

「陛下が、あの黒馬を手懐けたということも聞き及んでおります。是非、共に街へ行ってください」

「もう知っているんですか……」

ニナは、城の外に出ることを許可され、黒馬と共に城の外に出かける。

交通路を埋め尽くす人々。

一昔前、絶大な魔力を持って生まれた天才馬が国に召し上げられた。

しかし、この黒馬を乗りこなす者は現れず、活躍することなく宝の持ち腐れ。

忘れ去られていたはずの黒馬がニナを乗せ、街を歩く。

そんな人混みの中に、くすんだ黄金の髪色の少女がいた。

「うわ、ちょ、押される！」

人混みから追い出され、弾き出る。

「アカリ、間違いない！　あの人です！」

「石碑さんもニナ女王に会いたいようですけど、これじゃあ、無理ですよ」

くすんだ黄金の髪をくしゃくしゃにされたアカリがそう言う。

動く石碑が近くに使命を果たすべき相手がいる！　と急に言いだし、そちらに向かうとニナ女王が城から出てきて大勢の人だかりができていた。

その人だかりの原因であるニナは、瓶の中で人々に嬉しそうに笑顔を浮かべ手を振っている原初の魔物にこう言う。

「こんな有様では遊ぶなんて無理ですよ」

「何言っているんだ、この俺を一目見ようと大勢の者が集まっているんだ。こんな気分の良いことあるか？」

「あなたが楽しいなら、それでいいですよ」

大勢の人々の喝采が耳の奥にまで突き刺さり、痛いほどである。

そんな人々の中に何かいる。

「今、変な感じがしたような」

動く石碑とアカリのいた方向を見るニナ。

「アカリ、彼女に会うことこそが私の使命だと今、はっきりと分かりました」

「そう言われましても、ここにいる人たちを消し飛ばすわけにもいかないし

「……」

精霊マリーが遅れて、ゆっくりと歩きながらこちらに来る。

「運命の相手に会うことはできましたか？」

「ニナ女王らしいですよ」

「そうですか。やはり、その文字とニナ女王に何か強い繋がりがあるのかもしれません」

動く石碑には文字が刻まれていた。

「この文字、ニナ女王は読めるんですか？」

「動く石碑がニナ女王に会うべき使命があるというなら、間違いなく、それを読めるのがニナ女王だからでしょう」

何か書いてあるのは分かるが読もうとするとぐにゃりと空間が歪む。

「こんな得体の知れないもの、未来でも過去でも見たことありません」

「私の記録庫にも見当たりません」

「え、あの異界の記録庫にもないんですか」

「動く石碑さんは記録されていませんでした」

「石碑さん、あなた何者なんです？」

「何者と言われても私自身、自分が何であるのか知らないのです」

読めない文字に、謎の動く石碑。

「フフ、いいですね！　この時に遊びに来て正解でした！」

動く石碑を抱きかかえてくるくる回るアカリ。

そして、止まるとこう言う。

「久々に楽しみが増えました。あなたとニナ女王が出逢った時、何が起きるのか……想像するだけでワクワクします！　よし、心のエンジンかけていこう！」

元気一杯で心底楽しそうに、そう言うアカリ。

城の外で耳の奥が痛くなる喝采を浴び続け、上機嫌の瓶の中の魔物。

「帰ってきたわね」

仮面を外し、ニナの元へ歩いてくる灰色の魔女エリカ。

「あなたに頼みたいことがあるの」

「私ですか?」

「ええ、まあ、今日ではなく明日でいいけど」

「分かりました。では、明日に」

そう言うとニナは去ってゆく。

「相当疲れているみたいね」

灰色の魔女は、そう言うと仮面を被った。


自身の部屋へと戻ったニナ。

「いやあ、最高だった！　極東の島国で魔物たちを集めて祭りを開催した時のような賑わいで楽しかった。あの時は魔物だけでなく人間たちも集まってきてたな。人間も魔物も、あんな感じで、楽しくバカ騒ぎしてる時が一番楽しい！　まなんたって、あの島国の人間たちは俺のこと神のように崇拝してくれる！　まだ残ってるか知らないが俺を崇める大きな建物作ってくれたんだぞ。そうだ、今度行かないか。ちょっと遠いけど、いい場所なんだ！」

「……」

ニナは相変わらず上機嫌の瓶の中の魔物に、言いかけた言葉を呑み込む。

「ん？　何だ、何を言おうとしたんだ」

「疲れたって言おうとしただけです」

「そうか、疲れたのか。じゃあ、寝るといい、寝るのが一番回復する。魔物も疲れたら数百年くらいは眠り続けるもんだ」

さも当たり前のように瓶の中の魔物がそう言う。

「人間は数百年も眠れませんけどね……」

瓶の中の魔物が人間の常識になど収まらない存在であることを思い出すニナ。

「忘れてしまいそうになりますけど、あなたは原初の魔物でしたもんね」

子どもの頃に読んだ御伽噺。

その中にしか出てこないような伝説的魔物が、なぜ自分と一緒にいるのか。

「私なんかが、あなたみたいな凄い存在と話していることが不思議に思えてきました」

「おお！　今、俺のこと褒めたか！」

物凄く嬉しそうな声色でそう言う瓶の中の魔物。

「本当のこと言っただけです」

ニナが自身を軽んじないで真面目に褒めてくることに心底、驚いて鳩が豆鉄砲を食ったようになる瓶の中の魔物。

「相当、疲れてるみたいだな、大丈夫か」

「大丈夫ですよ」

心配そうに聞いてくる瓶の中の魔物に、そう言い、少し笑ってしまうニナ。

「大勢の人々の私に不相応な喝采で疲れましたけど、あなたに元気を貰いました」

「おい！　本当に大丈夫か⁉」

瓶の中の魔物は、より一層ニナのことが心配になるのであった。

翌朝、ニナは灰色の魔女に呼び出され、中庭に行くとウィッツと共に先代の王がいた。

「王……ヒペリカム様、それにウィッツさんまで」

「今から我が王朝の創始者にして魔法使いの王の忠臣の悲願。かつて世界に君臨した大国の再興が始まる」

瞳に涙を浮かべるヒペリカム。

「この国は、魔法使いの王の築き上げた大国が亡び、四つの国に分裂したうちの一つです」

ウィッツがそう言う。

「学校で習いましたけど、それが何か」

ニナがそう言うと遅れてやってきた灰色の魔女が杖を持って、こちらへ歩いてくる。

「この杖を使ってみなさい。まだ若いとはいえ魔法が扱えないなんてことないでしょう?」

「私は……」

良家の生まれなのに魔法が使えない。その長年の悩みを母に似た灰色の魔女エリカに魔法を使用するよう言われたことで余計に思い出してしまうニナ。

「うわ！　その杖は彼奴《あいつ》が使ってたやつだ！」

瓶の中の魔物は、杖を見てそう言う。

「そう、これはこの国で大切に保管され続けてきた魔法使いの王の杖。使ってみたけど、私には、まったく扱えなかった」

「……私は今まで魔道具なんて一度も使えたことないんです」

「まだ、分かっていないのね。現代の魔道具は普通の人間が扱うことを前提に作られているの」

「あ⁉　マジか！　ニナって、大神の性質持っているのか！　うえっ、魔法使いの王も嫌だけど大神は、もっと嫌だ」

瓶の中でげんなりしつつ、そう言う原初の魔物。

「とにかく、使ってみなさい」

灰色の魔女から杖を受け取るニナ。

「重い、見た目もおどろおどろしい。あんまり好きじゃないですけど」

渋々、杖に魔力を込めると、無から水が創り出される。

「え？」

「おお！」

「なんてことだ、陛下はやはり……」

ニナは自身が魔法を扱えたことに驚き、ヒペリカムとウィッツは、誰も扱えなかった魔法使いの王の杖をニナが使えたことに驚く。

「案の定、使えたわね」

水がちょろちょろと何もない空間から零れ落ちてゆく。

「アハハ！　彼奴の杖で、こんなショボい魔法が行使される日が来るなんて！」

瓶の中の魔物は、そう言ってツボにはまったのか、ずっと笑っている。

「使えた……使えた！」

ニナは、これまでの人生でもっとも嬉しい出来事が起き、笑顔が咲き誇る。

「ありがとうございます！　エリカさん！　私、生まれて初めて魔法を使えましたよ！」

「あなたの生まれ持った性質が魔法使いの王と同じであると気づいただけ」

実力だけで見れば、灰色の魔女は魔法使いの王と同じか、それ以上であるが、国など築けてはいない。

魔法使いの王はニナと同じ才覚を持っており、強大な国を築くことができたのは、その才覚が大きな理由として挙げられる。

誰も扱えなかった魔法使いの王の杖を使うニナを見て、涙を流す魔法使いの王の忠臣の子孫であるヒペリカム。

「もはや、私など不要」

ヒペリカムは、城を去ることを決意する。

「待ちなさい、用があるのは、ニナだけじゃない。ヒペリカム、その封じられている呪い、完全に消してあげる」

「な、私が封じたヒペリカム様にかけられた呪いを完全に消せると言うのか！」

ウィッツは、かつてヒペリカムに降りかかってきた呪いを封じていた。

「あなた何をやったの、こんな強い呪い見たことがない」

灰色の魔女はヒペリカムの中で蠢《うごめ》く強大な呪いを見ながら、そう言う。

「……いえ、昔、ある巨人を倒したことがありまして。恐らく、その巨人に呪われたのかと」

王の過去

魔道具を装着した葦毛の馬に乗り、大地を疾走する剣を携えた若き日の王ヒペリカム。

「あれか！」

葦毛の馬は赤い魔力を迸らせ跳躍し怒り狂う巨人に突撃する！

巨人は赤い魔力の奔流となった葦毛の馬の突撃により、よろめき後ずさる。

倒れるのを耐えた巨人が宙に浮く葦毛の馬を、その巨大な手で掴む。

「おおおおおお！」

空から落下する勢いそのままにヒペリカムは雄叫びを上げ、魔力を漲らせ、馬を掴んだ巨人の腕に斬りかかる！

「ッ！」

腕が切断され、あまりの激痛に悶絶する巨人。

王が地面に着地し、葦毛の馬に再び乗ろうとするのを防ぐべく巨人が大地を抉《えぐ》り土埃を上げながら蹴る！

巨人の足が迫る中、葦毛の馬に乗ると馬は赤い魔力を漲らせ一瞬で加速し紙一重で巨人の攻撃を回避する！

回避した勢いのまま旋回し、巨人の足へ向かい、王は剣に魔力を流す。

魔力を纏った剣が弧を描き、巨人の足を切断する！

巨人が大地を揺るがす叫びを上げながら体勢を崩す。

「これで終わりだ！　怒れる巨人！」

倒れる巨人の首元へ葦毛の馬と共に王が迫る！

巨人がぐるっと首を動かすとヒペリカムへ向ける。

巨大な瞳は激しく狂い動き、巨人はこう言う。

「我に仇をなす者に呪いあれ！」

剣が巨人の首に迫り、巨人の首が血しぶきを上げ空を舞う！

「素晴らしい！　父君は酒におぼれ、酒さえ飲めれば、どうでもいいと政治も放り出して皆、困り果てていたというのに、次期王は怒り狂う巨人に怯える民を守るため単身戦いを挑み倒してしまう勇敢さ！　倹約を旨として質素な衣服を身に纏う。父君とは比べようもないですな」

王宮では、若き日のヒペリカムを讃える声で溢れ返っていた。

若き日の王は怒り狂う巨人にさえ、立ち向かうほど勇敢で質素倹約を心がける理想のような王子であった。

しかし、さぞや王となれば名君として素晴らしい業績を残すかに思われたが、ヒペリカムは今では国を亡ぼす疫病神と陰口を言われるまでになってしまっていた。

彼は父が早世し即位するや否や父が政治を放り出した結果、叛乱が各地で起きるのが当たり前になってしまっていたのをなくすべく各地を転戦し、鎮圧したが、一つ叛乱を鎮圧すると二つ叛乱が起きるという休む暇もない地獄の日々を過ごしていた。

そんな王に愛する者ができ、束の間の幸せを享受し、心の平穏を取り戻す。愛する者との間に女の子が生まれ、心から、それを喜んだ。

しかし、難産ゆえに愛する者は亡くなってしまった。

ここからが王の最大の悲劇が始まる。

王宮は男の子を望み、新しい妻をめとるようにと周囲の者が望んだが、地獄の日々に心の平穏を残してくれた妻以外に愛する者を見出すことができないと拒絶し続けた。王宮に敵が増え、自身の愛する者との間に生まれた宝である娘を王宮の敵から守り、各地で起きる叛乱を鎮圧し続ける生活が続き、心身ともに疲労の限界を迎えていたのにもかかわらず心が折れずに戦い続けられたのは娘の存在が大きく、最後の希望であった。

「今日は魔法使いの王と原初の魔物について描かれた本を……」

本を持つ手の力が失われ、自身の愛する子に読み聞かせようとした本を床に落とす。

『我に仇をなす者に呪いあれ！』

若き日に聞いた巨人の言葉が脳裏で響く。

目の前に愛する娘が毒殺され、物言わぬ姿となって倒れていた。

「王よ！　再び、叛乱が！　ッ！」

王に叛乱の報せに来た家臣は倒れ伏す王の娘を見て言葉を失う。

「敵はどこにいる」

あまりにも穏やかで、心の揺らぎのない声で王はそう言う。

「しかし、王よ」

王が振り返り、その瞳を見て驚愕する家臣。

その瞳は狂い動いていた。

その後の王の戦いぶりはこれまでの比ではないほどに苛烈極まりなく、あまりの容赦のなさに、戦う前に降参する有様が全国各地で見られ、甘さが消えた王の本気に即位以来、夢に見た各地の叛乱をなくすことには成功したが、長い戦乱で国は荒廃し、戦費で破綻した国庫、外敵は虎視眈々と、この隙を狙う。内には新王朝を打ち立てんと企む者たち。

気が付けば、親族たちも暗殺され、王が亡くなれば新しい王朝ができるという状態にまで追い込まれた時、ウィッツが王の元に現れ、卓越した手腕で、国に平和を取り戻すという離れ業をやってのける。

そして、過酷すぎる人生を駆け抜け、命の灯火が消えかけた時、ニナはやってきた。

歳月が流れ、年老いたヒペリカムの視線の先には城の中庭で魔法が初めて扱え、喜ぶニナの姿があった。

ヒペリカムの中で蠢く巨人の呪いを見る灰色の魔女。

灰色の魔女を、その狂い動く瞳で見て巨人の呪いは怒り狂いこう言う。

「あの子を苦しめて殺した人間たちに不幸な死あれ！　永遠に呪う！　殺して殺して殺し続ける！」

「あなたが誰を失って嘆き悲しんでいるのか知らないけど……死者がいつまでも生者を呪うのはやめなさい」

灰色の魔女が手を翳すと、封じられている巨人の呪いが暴れだす！

最期の抵抗を容易くねじ伏せ消滅させる。

「信じられない」

ウィッツは封じるので手一杯だった巨人の呪いを完全に消滅させる灰色の魔女の底知れない力に驚愕する。

「あれ？　なんか昔の知り合いの気配が一瞬あったような」

瓶の中で原初の魔物は、そう言う。

ニナはヒペリカムを見て驚く。

「王様？」

初めて見た時から、何だか怖いなと思っていたヒペリカムが突然に優しく穏やかな話しかけやすい雰囲気に変わる。

「……ありがとう灰色の魔女」

長年の憑き物が落ち、呪われている状態に慣れてしまっていたヒペリカムは、逆に自身に違和感しかなかった。

「どういたしまして」

灰色の魔女は、そう言う。

「魔物でもないのに、こうも魔道具なしで魔法を行使される様を見せられると驚きしかない」

ウィッツがそう言うと灰色の魔女は、溜息をつく。

「はぁぁ、魔道具なしで魔法使うのが本来は普通なのよ。そこの原初の魔物が人間に魔道具なんてもの創ってあげたせいで人は魔道具なしで魔法を扱えなくなった」

「さらっととんでもないことを言いましたね。つまりは、現代は原初の魔物なくしてないと言うのですか」

「あれ、自覚ないけど魔道具をあげたせいで人間に絶大な影響与えてるから」

ニナがレベルの低い魔法を扱うのを見て大笑いしている瓶の中の魔物。

「おいおい、威力弱すぎだろう。あ、そうだ。封印から解いてくれたらニナでも強大な魔法使える魔道具創ってやるよ」

頑張って水を無から創り出し、水の玉をいくつか浮かべ打ち出すニナ。

「城くらい消し飛ばす水の塊打ち出せないのか、アハハ！」

「自分が強いからって馬鹿にして……」

ニナは、いつか、この魔物を自身の手で正面から打ち負かしてみせると心の中で誓うのであった。

未来の風景

灰色の魔女は、部屋の窓からぼんやり月を眺めながら、原初の魔物が置かれた運命を見て、涙を流す光景を思い出す。

「俺の子孫がほどいべにあう！」

鼻水をたらしながら涙を流し、灰色の魔女にそう言う。

何やら運命を見たら自分の子孫の何人かが酷い目に遭うらしく、変えようと頑張ったけど変えられなくて泣いているらしい。

それから月日が流れ、世界中を旅すると時折、原初の魔物の子孫らしき者が酷い仕打ちを受け亡くなったことを知る。

運命を見る力を継承した者は、その力ゆえに。

原初の魔物の有する膨大な魔力に匹敵する魔力を持って生まれた者は、その魔力ゆえに。

原初の魔物の変幻自在の伸縮能力を持って生まれた者は、その能力ゆえに。

ある者は厳しい法を強いる国で苦しみ。

ある者は魔物軍勢を打ち払った国で苦しみ。

ある者は戦いを挑まれれば必ず戦う覇王のいる国で苦しみ。

それら全て悉《ことごと》く滅ぼした灰色の魔女は、生きた災厄として恐れられるようになった。

その行いに微塵も後悔はなく、当の本人は滅ぼしたことさえ忘れかけていた。

今は城にいるのが退屈になってきたので、どうやってウィッツの監視から逃れ、城の外に出るかを考えていた。

「ウィッツを倒してしまおうかしら……でも、あれ一筋縄ではいかないし」

魔法を扱うことにおいては、他の国の追随を許さないほどにレベルの高い国において頂点に君臨する実力を持つウィッツと戦うのは、灰色の魔女でも骨が折れる。

「面倒だけど、明日ウィッツを倒して外に行こう」

そう決め、明日に備えて眠りにつく灰色の魔女。

「物凄く城が揺れているんですけど！」

翌日、城に轟音が響き渡る。

ニナは戦闘音に怯え、部屋から出ることができずに、そう言う。

「んーたぶん、ウィッツとエリカが戦ってるな。いい勝負になるだろうから観に行かねえか」

「死んでしまいますよ！」

「じゃあ、封印から解いてくれないか、止めてきてやるよ」

「嫌ですよ！　なんで、余計に事態を悪化させるようなことしないといけないんですか！」

「まあ、そんな狼狽えるなって、何とかなるさ」

ドゴォ！　ドォォォン！

戦闘音ではなくニナの部屋の外側の壁が盛大に弾け飛び、大穴が開く。

幸いにもニナは無傷ですんだが部屋は悲惨なものとなる。

その轟音と共に何者かが侵入してくる。

「騒ぎに乗じて到着！」

ドォォォォン！

城の外で起きた魔法と魔法の激突により轟音と共に暴風が荒れ狂い、くすんだ黄金の髪を靡かせるアカリ。

なおも間隔をあけつつ鳴り響く轟音。

「え？」

ニナはアカリが脇に抱えている石碑になぜか目が釘付けになる。

先ほどから定期的に鳴り響く轟音など気にならない。

「アカリ、降ろしてください」

「はい、いいですよ」

石碑を床に降ろすアカリ。

動く石碑は少し動くと文字をニナに見せる。

「————は————である」

ニナは石碑に刻まれた文字を当然のように読めた。

ズドォォォン！　ドォ、ドォォォォン！　ドゥォォォ！

激しい戦闘音でニナの声は消される。

「何だって何か言ったかニナ」

原初の魔物が何を言ったのかと問う。

動く石碑が灰となる。

「え⁉　石碑さん⁉」

アカリが慌てて動く石碑に手を伸ばすが石碑は崩れてゆく。

ズドォォォォ！

灰が荒れ狂う風で吹き飛び、最初から何もなかったように消える。

「石碑さん……」

ドォォン……

重くずっしりと響く爆発音。

アカリは瞳に涙を浮かべる。

「鬱陶《うっとう》しいんですよ」

涙を拭くと瞳に怒りを灯す。

ドォォォォン！　ズドォォォォン！

「ああ、これ不味いな」

瓶の中の魔物はアカリの魔力の急激な高まりを感じ、冷や汗をかく。

瞳が怪しく輝き、人間離れした異様な雰囲気になるアカリ。


「な、何あれ」

灰色の魔女エリカの瞳にくすんだ黄金の髪色の少女が映る。

ウィッツも思わず戦闘をやめ、アカリを見る。

「なぜ、あんなバケモノがいる！」

驚くウィッツの元へ高速でアカリが迫る！

「避けられない！」

ウィッツは、一瞬で間合いを詰められる。

アカリは体を大きく左へ捻り上げながら刀身を光らせ、斬り放つ！

「ッ！」

ウィッツは紙一重で魔法陣を盾のように展開する！

バリィン！

盛大に音を立てながら、光り輝く剣は防御の魔法陣を破壊する。

「その程度で防ぐことができるとでも！」

アカリがそう言い、無防備になったウィッツに手を翳す！

「吹き飛べ！」

アカリの手のひらから、視認できるほどに圧縮され膨大な魔力を含んだ球体が出来上がる。

「くっ！」

魔力の塊が撃ち放たれる刹那、ウィッツが自身の魔道具の杖から魔力で生み出した青く光り輝くカードのようなものを一枚撃ち放つ！

魔力の塊に直撃し、塊と共に吹き飛ぶウィッツ。

アカリの頬から血が流れる。

「怖い人ですね。あんなのまともに当たれば痛いじゃすまない」

ギリギリのところで撃ち放たれたウィッツの攻撃は、アカリの頬にかすり傷をつける。

そんなアカリの背後に土で形成された蠢く巨大な蛇たちがあった。

「何ですか、その馬鹿でかい蛇のフィギュア」

アカリが灰色の魔女の行使する魔法に、そう言う。

巨大な蛇たちのうちの一匹が突き上げるように尋常ではない速さでうねうね

と空中を泳ぐようにアカリに迫る！

その一匹の蛇の左右に残りの蛇たちが四匹ずつ展開し、追従する。

アカリの目前で左右から追従する八匹の蛇たちが交差する。

その瞬間、アカリが巨大な蛇たちに突撃する！

天に向かって巨大な螺旋を描きながら高速で動く蛇たち。

一番に向かってきた、自身を簡単に丸呑みできるほど巨大な一匹の蛇の目の前で止まるアカリ。

蛇が口を大きく開こうとした刹那、蛇の頭を飛び越え、蛇を蹴って前転し乗り越える！

続く蛇たちを軽やかに兎が跳ねるように回避するアカリ。

「嘘！」

蛇たちの攻撃が回避され、驚愕する灰色の魔女。

「今度はこっちから！」

アカリが光り輝く剣を携え、灰色の魔女に高速で迫る！

その時、アカリに水の玉が当たる。

「冷たい！　この寒い気温の中、水当てるなんて！」

アカリは水の飛んできた方を見る。

そこには魔法使いの王の杖をアカリに向けるニナの姿があった。

「ニナ女王ッ⁉」

大きな縦長の黒目がぬっと現れ、睨むとがばっと口を大きく開く！

「蛇に睨まれる蛙の気分ってこんな感じなんですね……」

アカリがそう言うと巨大な蛇はアカリを一口で飲み込む！

一匹の蛇に残りの八匹の蛇が巻きつく。

そして巨大な蛇たちは土に戻ると空中に巨大な土の球体が出来上がる。

「何なの、このバケモノ」

久しく感じていなかった死の気配に恐怖しつつ、灰色の魔女は自身が封じたバケモノがいる土の球体を見る。

「おーい、エリカ。あれ俺の妹みたいなものだから殺さないでくれよ」

瓶の中の魔物がさらっと衝撃的なことを言っている。

しかし、瓶の中の魔物の言葉に驚く余裕などなくニナは動く石碑に書かれていたことが重くのしかかり、俯くのであった。


ある店にて一人席について食事をする。

ニナにペンダントを創ってあげた黒いローブを身に纏った腰の曲がった老人は誰かに語りかける。

「勘の良い、君は気が付いたようだね」

机の上に置かれているステーキに半熟の目玉焼きを乗せ、美味しそうに頬張る老人。

「うん、美味しい」

手を止め、再び、ここにはいない誰かに話す。

「それを認めるのは時間が掛かるだろうが、意外と慣れれば悪くないものだ。見えているもの全てが違って見えるようになってしまうのは仕方のないことだ」

そう言うと、こちらを見て彼は言う。

「君だって、運命に翻弄される。宿命はある……あると思ってしまうような偶然が連続して錯覚してしまっているのかもしれない。目の前の出来事に囚われ考えることはできないだろうが、我々は皆……それに翻弄される。君はどう考え、どう世界を見るのか」

彼は言う。

「……真意は分からないが私は願う」


【君に幸あらんことを】

ウィッツは、しばらく安静にする必要があるが、そこまで深刻な怪我はしておらず、少しすれば完治するそうで、ニナは、その報告を受けて安心する。

「良かった……けれど、エリカさんとアカリさんの姿が見えないけど、あの二人はどこに行ったんだろう」

「さあ、暇だから二人で遊びにでも行ったんじゃないか」

「何で殺し合ったばかりなのに、あの二人すぐに仲良くなるんだろう」

戦闘の後、灰色の魔女と未来人は、何かを話すと、すぐに仲良くなっていた。


城の外の街にて、仮面を被った灰色の魔女とアカリは精霊マリーの待つ宿に向かって歩いていた。

「魔法使いの王が使用した歪曲運命ってどんな魔法なの？」

灰色の魔女はアカリに聞く。

「対象の運命を捻じ曲げる魔法らしいです」

「ああ、よりにもよって原初の魔物が、それを食らったせいで余計に狂ったのね」

「ええ、もう運命は正常に働いていません。ですので、元凶の魔法使いの王を捕まえて元に戻させてやろうとしているのです」

「魔法使いの王は死んだんじゃないの？」

「生きてますよ。どこかで身を潜めています」

「生きているのなら私も探すのに協力するわ」

「おお、ありがとうございます。こんなこと頼めるのは、あなたくらいですよ」

笑顔で感謝し、そう言うアカリ。

その天真爛漫な笑顔を見ながら、こう言う灰色の魔女。

「長いこと、生きてきたけど、あなたみたいなのには会ったことがない」

「私も今のところ私みたいなのに会ったことありません」

「フフ、愉快な子」

二人で、そう話しているとアカリに少女が近寄ってくる。

「いた、変な服着てる人」

「な、これは未来では普通なんです。というか、あなたは」

「マリーさんに探すように言われて一緒に探していた」

「え？　マリーさんが？」

アカリがそう言うと、精霊マリーがやってくる。

「マリーさん、この子は？」

自分のそばにいる少女が何者なのかと問うアカリ。

「記憶がないそうよ」

「え？　記憶喪失ですか、それはまた大変な目に遭いましたね。あなた」

「ハナ、マリーさんから名前を貰った」

「名がないのは不便だと思いまして」

「へー、そうなんですか。ハナ、よろしくね」

笑顔でそう言うアカリ。

「あなたは?」

「私は未来から来たアカリです」

「アカリ……」

ハナという名を与えられた記憶喪失の少女はアカリの名を呟く。

「あなた記憶を失っているのなら、原初の魔物に運命でも見てもらえば、自身が何者か分かるわよ」

灰色の魔女がハナにそう言う。

「そうか、私の記録庫で一から探さなくても、その手がありました」

精霊マリーは灰色の魔女の言葉を聞いてそう言う。

「また戻る必要があるみたいですね。じゃあ、皆さんまとめて原初の魔物の元へご案内!」

アカリがそう言うと全員が薄い黄色に輝く球体に包まれる。

そして、球体は、一瞬でその場から消える。

「うわ！　何だ、お前ら！　急に目の前に現れるんじゃねえよ！」

瓶の中の魔物が急に現れたアカリたちにそう言う。

「あなた歪曲運命という魔法食らったらしいけど、そんな程度の運命の変化、乗り越えて本来の運命見れるでしょう」

「何、いきなり言ってんだ。歪曲運命って何だよ」

「魔法使いの王が、あなたを倒すために使った魔法よ」

灰色の魔女にそう言われ、魔法使いの王に負けた最後の光景を思い出す原初の魔物。

「ああ、あの体がぐにゃりとなったみたいな気持ち悪い感覚になるやつか……って運命の変化⁉　あれ食らうと運命変わるの！」

「ええ、それのせいで、だいぶ変わりました」

アカリが瓶の中の魔物にそう言う。

「よく見たら大神に似てきたな」

「はい？」

「物凄い昔に、生まれたばかりのアカリに会ってる……覚えていないのも無理はないだろうが」

「ええ、凄い身内みたいで嫌です」

アカリが瓶の中の魔物の言葉を聞いて嫌そうな顔をする。

「何で、そんな嫌そうなんだよ！　傷つくわ！」

「兄妹で仲良くするのもいいけど、この子の運命見てあげなさい。記憶がないそうなの」

灰色の魔女にそう言われる瓶の中の魔物。

「運命見るって、嫌な運命とか二度と見たくないんだが」

今度は瓶の中の魔物が嫌そうな顔をする。

「この子を親元に帰すのに手っ取り早いんです。マリーさんも手掛かりが少ないと記録庫から、この子の情報見つけるのに時間が物凄く掛かってしまうんですよ」

アカリが瓶の中の魔物にそう言う。

「そう簡単そうに言われてもな……大神だって運命が何なのか、よく分かってないっていうのに得体の知れないのが余計に可笑しくなってるんだろう？」

「え？　運命は大神様が管理していて全ての運命は大神様の手の中にあるんじゃ……」

静かに話を聞いているだけだったニナが瓶の中の魔物の言葉に驚きそう言う。

「何だ、人間たちは大神が運命支配してるとでも思っているのか。運命は最初から大筋があって、別に大神が創ったわけでも支配しているわけでもない。ただ、最初からある存在だ」

「…………」

ニナは再び、何かを考えるように黙り込んでしまう。

「なんかニナの様子が変だが、まあ、いい。正直、嫌だが見てやるか」

運命を見る力を久しぶりに使うことを決意し、生まれ持った力を久しぶりに行使する原初の魔物。

「ええええ！」

瓶の中の魔物が驚きの声を上げる。

「ニナが戴冠式で死んでる運命が見えた！」

「え……ってなんで人の運命見ているんですか！　というか私死んじゃうんですか！」

瓶の中の魔物の言葉を聞いてニナは驚くのであった。

待ち受ける未来を前に

記憶を失った少女のため、数千年ぶりに運命を見ることを決意した瓶の中の魔物。
しかし、見えたのはニナが戴冠式の日に死ぬ光景。
その後も自身の能力、運命を見る力を行使し続けて遂に辿り着く。
流石は最上位の魔物。
世界の改編を超え、本来の世界の道筋をたどり、見た。
今とは違う本来の運命の中のニナを覗く。
笑顔のニナがいた。
運命に翻弄されるニナがいた。

大勢の人々の苦難を打ち破り、世界という大舞台で活躍する今とは、別人のようなニナを見てしまった。

数々の困難を乗り越え、人々のために動き、人々はその姿を心に刻み、後世に語られるニナではないニナの人生を見た。

彼女の傍らに瓶の中の魔物など存在していなかった。

原初の魔物は、時代の申し子である本来のニナと一切の関わりを持たない運命にある。

瓶の中にいる魔物は朝からずっと、目を閉じて、唸り声を上げている。


ニナが目覚め、体を伸ばす。

「おはよう」

「ん？　ああ、起きたか」

ニナを見て一瞬、申し訳なさそうになる魔物。

そして、再び、目を閉じ、唸り声を上げ始める魔物。

「どうしたんですか」

「おかしい。でも、どうしてこうなった」

ニナはそっと手を伸ばし、瓶のふたを開ける。

「魔法使いの王――」

遠い世界に譫言《うわごと》を言うように誰かの名を口にする魔物。

魔物が自分の世界に浸って帰ってこないので、ニナはふたを閉じて瓶の中の魔物を無視してベッドから起き上がる。

早く着替えなければ、メイドたちがやってきて勝手に服を脱がされて着せ替え人形のように服を着せられてしまうので、急いで着替える。

瓶の中の魔物は相変わらず唸り声を上げている。

「いつまで唸り声を上げているんですか」

魔物は、ようやく自分の世界から帰ってくる。

「ああ、どうやら、大変なことになってるみたいだ」

「私が戴冠式で死ぬ運命よりも？」

「それも大変なことだが、もっと大変なことだ」

「何があったの？」

「いや、まだ確信はないから言えない」

ニナは深刻な面持ちの魔物になんとも言えない感情になったが、それより自分の死ぬ運命をどうにかしなくてはならないのを思い出して絶望感に苛まれる。

「私って何か悪いことしましたか？」

瓶の中にいる、この魔物と出会ってからというもの、心の休まる日が訪れない。

でっちあげで女王にさせられ、戴冠式で死ぬ運命にあると告げられる。

どうすれば、元の生活に戻るのか。

もう二度と平和だった日常は帰ってこないのか。

「涙が出ますよ」

冗談抜きで泣きそうになるが、泣いたところでなんの意味もなく、自分にできることをやるしかないのだ。

ニナは瓶の中の魔物に告げる。

「あ、そういえば、さっきふた開けたのに気が付いてなかったよ」

「なにいいいいいいいいいいい！」

瓶の中の魔物は衝撃の事実に絶叫し、それを見て笑うニナであった。

回想

これは、ある未遂に終わった事件。

ニナの住む国には魔法の才を持つ者が多く、王都の学校には将来偉大な魔法使いになる原石がゴロゴロと転がっている。

そんな原石達を組織的に攫《さら》おうと計画された事件が、ニナがいる学校で起きた。

しかし、生徒達の機転により防がれ、未遂に終わる。

駆け付けた王国の家老、ウィッツは目撃した。

攫う価値がないと判断された生徒が賊の手によって命を落とす間際、灰色の髪の少女が、その生徒を救う、その瞬間を。

【やめて！】

ウィッツは、その声を聴き、文献にある神の声を稀に持って生まれくる者がいるという一文を思い出す。

「これか！　これが神の声……」

文献にしかない存在を目にして感動すら覚えるウィッツ。

そして、あの時目撃した灰色の髪の少女は、今や王となり君臨している。

「どうかしましたか」

ニナに問われ、ウィッツは応える。

「……昔のことを思い出していました。陛下は昔から、力を他者のために使う人でしたね」

「昔から？」

「いえ、何でも。ところで話は聞きました。療養中だったため、すぐに動くことはできませんでしたが、陛下の死の運命を回避する術を考え、すでに手は打ちましたので、ご安心を」

「え？　何とかできるんですか」

「はい、陛下の死因は、原初の魔物による他殺です」

「……はい？」

「ああ、なるほど。良い案だぞ！　ウィッツ！」

　この場から逃げ出そうと走りだす寸前のニナにウィッツは、こう言う。

「死を偽装するのです」

「死を偽装？」

「原初の魔物ならば、死んだように見せかけるのは容易なことでしょう。戴冠式で一度、陛下は死ぬのです。ただし、それは偽りの死です」

「俺が見た運命が死んだように見えたニナなら死なないし、本当に死んだニナなら死ぬってことだが、良かったじゃないか選択肢が増えて」

　笑顔で、楽しそうにそう言う瓶の中の魔物。

「あなた、封印から解かれるのが嬉しいだけでしょう」

「ま、まさか。そんなわけないだろう。ニナが助かるかもしれないと思って嬉しいんだよ」

「もう一度封印から解かないといけないなんて……運命なんて嫌いです」

「運命嫌いだったけど、俺は好きになった」

ニコニコしながら、笑顔でそう言う瓶の中の魔物。

「もう一度封じてやる……」

「もう封じられねえよ、アハハ！」

完全に油断しきって慢心たっぷりの魔物は呑気に瓶の中でそう言うのであった。

それぞれの時間

「じゃあ、私には大神と同じ神性があって、人を支配する独特の雰囲気と声があるんですか」

「そうですね。つまり、その力のある人は支配するという点において右に出る者などいません。あなたは生まれながらの支配者ってことです。遅かれ早かれ、その才が開花して神のごとく人間を従え、完全に支配します。見たところ、あなたの神性は物凄く強力ですので、まだ嘴打《はしう》ちする雛といったところで完全になったら、一般人は抗う術がなくなるでしょうね」

アカリがニナにそう言う。

「まあ、ニナの神性は常軌を逸してるからな。そこだけは俺でも怖くなるくらいだ」

「私も下手したら、完全に開花したニナ女王の神性に耐えられるか分かりませんし」

「あの、その力って人間以外、例えば馬にも効くんですか」

「効きませんよ。効果が及ぶのは、言葉が分かる存在に限定されますから。いかに賢い動物であろうと言葉が分からなければ効きませんよ」

「え？　じゃあ、あの黒馬は、ただ私に懐いただけってことですか」

「そうじゃないですか」

アカリの言葉を聞いて喜ぶニナ。

自分の力で支配したわけではないと知り、支配が嫌いなニナは自分に懐く黒馬を、より気に入る。

「ニナは支配が嫌いらしいから宝の持ち腐れになりそうだな」

「自身の生まれ持った才覚、全否定じゃないですか」

【嫌いなんですよ。支配】

瓶の中の魔物とアカリは、大神より神性が強くなるんじゃないかと思わせるほどの神性をビリビリと感じ、こう言う。

「悪事働き放題なのに」

「そうですね、もったいない」

「あなたたちって本当に大神様から創造された存在なんですか」

そうですけど何か？　と言いたそうな顔をする瓶の中の魔物とアカリであった。


「アカリは一人で時空を行き来して運命の管理しているの？」

灰色の魔女は精霊マリーに聞く。

「ええ、そうです。彼女は世界の異質を排除するのが専門で、時折、運命の大筋を変えてしまいうる人物や物がなぜか生まれてくることがあるらしく、それらと戦っているようです」

「そう、原初の魔物の妹と知って、興味を持って話してみれば話すほど原初の魔物と似てるから、愛らしくて仕方がない」

「あなたは原初の魔物を愛しているのですか？」

「何だか放っておけない愛玩動物に見えるのよ」

「原初の魔物を愛玩動物として見れるのは、世界広しとはいえ、あなたくらいでしょうね」

「そう？　強さだけ見れば最強なのに、その強さを全て無に帰すお馬鹿さが愛らしいとは思わない？」

「そのような考え方もあるのですね」

「それに、あの陽気な性格もいいわ。大神に創造された者は明るい性格になるのかしら」

「それは大神が天真爛漫であるからでしょう。よく笑う元気過ぎるくらいの神だと伝えられています」

「それは会ってみたいわね」

「運命そのものが嫌いらしく運命の管理をサボって今は休暇をとっているらしいです」

「休暇？　フフ、面白い神ね」

「今は人間のふりして、どこかにいるそうです」

「いったい、どこで何をしているのやら……」


「お爺さん、何をしているの」

中庭で何かを植えているヒペリカム。

「おや、君は確か……ハナと言ったかな。いや、何、柿の種を入手することができたから植えて、ここで育てようと思ったんだ」

巨人の呪いが消え、優しく勇敢な皆が求めた王が戻ってきたと喜ばれ、去らずに残ってほしいとニナにも頼まれ、ヒペリカムは余生を、此処で過ごすと決めた。

「へー育ったら食べに来ようかな」

「ああ、いいとも」

微笑み、そう言うヒペリカム。

「お爺さんも一緒に食べようね」

「私は、この柿が実る頃には死んでしまっているから一緒には無理なんだ。ごめんよ」

「食べられないのに、どうして植えているの？」

「迷惑をかけるだけで何もできなかった人生だからね。せめて、未来に何か残せないかと思ったんだ」

「……お爺さんは大神に何か願うといいと思うよ」

少し悩むとヒペリカムはこう言う。

「大神よ、この柿の種が育ち未来の誰かの腹を満たすようにお願い申し上げます」

「そんな簡単なことなら絶対に叶えてあげる」

自分が大神のような口ぶりの少女に思わず微笑んでしまうヒペリカム。

「もっと願ってもいいと思うけど」

「もっと？」

「柿を私と食べられる日まで生きられますようにとか」

「アハハ！　愉快な子だ！」

しわがれた声で愉快そうにヒペリカムは笑うのであった。

白いドラゴン

今日は、無尽蔵に濃い青が空に広がっていた。

「空、青いですね」

「青い……黒い青と言った方が正しいように私は思います」

ウィッツとニナは、城にある大きな庭を歩いていた。

「陛下、事は順調に進んでおります」

「皆、私が死を偽装するなんて思ってもないでしょうね。あなた達の目論見通り、運命が偽装された死であるのなら、良いのですけど」

「最善は尽くします。最悪の場合は私の命を差し出します」

「……え？」

「灰色の魔女エリカ様に、すでに頼み、私の命を……」

「道具になれ、なんて言ってません！」

ニナはウィッツの言葉を遮り、力を発動する。

「死の運命を回避できなかったとしても、あなたが私の代わりに死ぬなんてことは許しません」

「……仰せのままに」

ニナは、ウィッツが、混迷を極める時代に国のために尽くしてきたことを聞き及んでいる。


遠い昔に魔法使いの王の直系の王家が断絶。

王家の断絶は、臣下の裏切りによるものであった。

裏切り者は王家の血を根絶やしにした。

その裏切り者は四人の忠臣に討たれた。

しかし、もはや、巨大な王国を維持することは不可能であると悟った四人の忠臣は巨大な王国を分割した。それで誕生した国の一つが、ニナの先代の王まで脈々と受け継がれた。

しかし、度重なる不幸により、王朝が交代するしかなくなった。

この国は新しい王朝を創り出そうと野心を燃やす者たちが次々と現れ、その者たちが互いに争い、国は疲弊し切っていた。

その混乱を先王と共に鎮めたウィッツ。

国に安定をもたらしたウィッツがニナに絶大なる期待を持っている。

ウィッツがいなければ、この国の人々は一時の平和を享受することなどできていない。

彼亡き後に待っているのは、彼によって堰き止められた滅びの水が一気に流れ出し、人々を地獄の苦しみへと導く災禍。

無尽蔵に黒い青空が晴れ渡る。

ニナは空を見上げ、溜息をつくのを防ぐ。

戴冠式まで、あと数日。


「戴冠式当日、我らは反旗を翻す」

「十五の小娘が王など、納得がいかない！」

「突然現れて、我ら一族の頭を越えて玉座を奪ったのだ、呑めるはずがない！」

ニナ女王への反発が内部から起きていた。

「今が好機、内部では叛乱の兆しもある。内乱に乗じて我が国も攻め込む。すでに同盟国らと通じて、ニナ女王の包囲網は完成している」と、他の三つの国も虎視眈々と狙う。

内乱が起き、無数の外敵が戴冠式当日に攻勢に出るために準備を進めていた。


アカリは、迫りくる大きく暗い雲のような大軍を見る。

「どうやら従来通り、伝説の幕を開けるために内乱と無数の外敵がやってくるようですね。これから西の国々との戦いや東の不敗神話を持つ救世主との戦いに勝利するのが本来のニナ女王ですが、はてさて、困りましたね。原初の魔物が何も問題ないとか言ってましたけど、本当に大丈夫なんでしょうか」

アカリは原初の魔物から聞いていた。

「大丈夫、何も問題ないから」

「駄目になる気しかしない」

「何だと！　ニナ、大丈夫だって言っているだろう！」

「不安しかない」

「くっ、見てろ！　戴冠式は無事終わらせてみせるからな！」

そう言う二人を見ながら、駄目っぽいなと思うアカリ。

そして、現在。

「うわあ、寒かった気候が嘘のように快適」

超広範囲を巨大な魔力によって快適に変えるものが接近していた。

「これ来てますね」

やってくる脅威を伝えるべくニナたちの元へ転移してゆくアカリ。

外敵たちは歩みを止めていた。

「ありえない」

空を舞う白いドラゴンを見て戦意喪失、ニナ女王どころではなくなっていた。

ドラゴンが反ニナ女王を掲げる軍の頭上を通り過ぎ、ニナ女王の元へと飛び続けた。

特大魔力を巻き散らし、荒れ狂うドラゴンがニナの国にやってきていた。

内乱は瓶の中の魔物が対処したため、首謀者たちは捕まり、騒動が起きることすらなかった。

「運命を見る力は、こうも事を簡単に進められるのか」

「首謀者も同じとは、未来がねじれていても、頭の天辺から爪先まで野心の塊でできている人間は変わらないんだな」

ウィッツは、ただただ驚くばかり。

簡単に内乱を防いだ瓶の中の魔物。

たとえ自分がいなくてもニナは生まれ持った神の声と窮地において機転が利く資質によって、これらの困難を乗り越える。

自分と出会わなかった世界の本来のニナの運命を見て内側の敵を瓶の中の魔物は知っていたのだ。

「こんな些細なことはどうでもいいんだ、本題はドラゴンのやつだ」

瓶の中の魔物はそう言う。

「それにしても……やっと、外に出られる。ま、出られればドラゴンのやつだってどうにかできるだろ」

そう言って笑う瓶の中の魔物。

「ドラゴンまで出てくるなんて……はぁぁぁ」

そう言ってニナは溜息をつくのであった。

原初の魔物の力

大勢の人々が彼女の姿を見ようとやってきていた。

街は賑わい、異国から訪れた人々が非日常を楽しむ。

今日は魔法使いの王の再来の日。

国同士の利害など人々には、関係のないこと。

子どもの頃に読んだ、絵本の中。

伝説の魔物、そして、それらを悉く滅ぼし、世界に光をもたらした伝説の魔法使い。御伽噺に登場する存在だ。

実在している物語の中の存在をこの目で見ようと、人々はニナ女王の戴冠式に押し寄せていた。

「おい、今日は一言も話さないな。おまえの姿を人々が見たがっているというのに、なんでそんな暗そうなんだ、もっと盛り上がってゆけ」

何言っているんだとニナの目が言っている。

「今日の主役はおまえだ。派手に人々を魅了するんだ。盛大な、血飛沫で！アハハ！」

瓶の中で笑っている魔物。

「力さえあれば……」

「今のおまえじゃ何もできないぞ、いい気味だ」

「本性、現したな！　この魔物！」

怒るニナを見て心底、楽しそうに笑う瓶の中の魔物。

青空に雲が広がり、雪を降らせる。

「夏に雪が降るのも異常だけれど、もう慣れた私たちもおかしくなっているような」

灰色の魔女は空から無数の雪が舞い落ちる光景を眺める。

「数百年ほどで、こういう異常な気候は変わります。これは、ニナ女王たちの生きる間は続くでしょうね。けれど、ほら見てください！　あの白い綺麗な花を」

アカリは白い花を眺め笑顔になりながら、そう言う。

「世界中に咲き誇っている花じゃないの」

「あの花は本来、高山でしか咲かない花なのに、この異常な寒冷化によって身近に見ることができるようになっているんです」

「高い山の寒いところでしか咲かない美しい花が、この寒い気候のおかげで地上にまで進出してきている……この時代に生きる者の特権」

二人がそのような会話をしていると、雲がみるみるうちに消え、それどころか寒さが消え、暑くもなく寒くもない温度に急に変わり、青空が広がる。

「天変地異を引き起こすドラゴンが来たようね。さすがに私もドラゴンを見るのは二度目……くらいかしら」

「原初の魔物は、自分に任せていれば大丈夫と言っていましたが……」

「彼奴の古い友人として言うと、あれの大丈夫は大丈夫じゃないから」

「フフ、どうなるんでしょう……運命が定まっていないおかげでワクワクしてきました。魔法使いの王に感謝ですね」

楽しそうに微笑み、そう言うアカリであった。


ニナ女王が人々の前に姿を現した時、歓声は悲鳴に変わる。

「久しぶりに動ける……お、いっぱい人間がいるな。一つくらいなら命を奪っていいか。まあ、奪わねえけどさ」

空を仰ぎ、そして、人々を見下ろす原初の魔物。瓶の中から出て、巨大化している。その大きな爪は血塗られており、その爪には亡骸と見えるニナが収まっている。ただ、傷つけないように大事に持っているといったふうだ。

城をぐるっと一周したドラゴンが、魔物の頭上に現れる。聞こえていた悲鳴は絶望の度合いを増す。女王の骸と二体の伝説が人々の前に現れたからだ。

白いドラゴンに原初の魔物は、こう言う。

「俺が生きてると知って助けに来てくれたんだろう」

「ああ、どうやら無駄足だったようだが」

「いや、来てくれて助かった。灰色の魔女と運命の番人を同時に相手にするのはキツイと思ってたところだ」

「また何かやったのか」

「またって俺、そんなに悪事ばっかり働いてないと思うけどな」

「問題を起こすのは大神か原初の魔物のどちらかと古《いにしえ》より決まっている」

「大神のやつには負けるさ、ちょっと、移動するぞ」

原初の魔物はニナを無造作に地面に放り投げ、空に浮かび上がるとドラゴンと共に、城から離れていく。

「え？　どうして、原初の魔物がニナ女王を殺すんですか⁉」

ニナ女王の死を見たアカリは、目の前で起きたことが信じられなかった。

あまりの動揺にニナの死の偽装に気が付かない。

「こんなのないじゃないですか！　……最悪ですよ」

アカリはドラゴンと魔物を追いかけるべく空に浮かび上がり飛んでいく。

原初の魔物が待ち受けるように、そこにいた。

何もない広い大地に到着したアカリは原初の魔物を睨む。

「こ、怖い」

魔物はアカリの圧にたじろぐ。

威圧感を感じるのは大神に似ているのもあるが、アカリに内包されている、
大神にも匹敵する力に、原初の魔物の本能が怯えたのだ。

「あれか原初の魔物よ……ッ⁉」

ドラゴンは死の気配を感じ、恐怖する。

「あなたがニナ女王を手に掛けるとは思いませんでしたよ」

ドラゴンは我が身を守るために翼を盾のように重ねる。

原初の魔物はアカリから発せられる膨大な魔力に驚き、とっさに超広範囲の魔法を行使する！

アカリを中心に光が世界を包む！

その刹那。

広大な大地に存在する全ての生命や建造物をはるか遠くの大地に丸ごと転移させ、爆発が収まると元の場所に再び転移させる原初の魔物。

疲労困憊の原初の魔物が顔面蒼白になり、肩で呼吸をしていた。

「俺だけ消せる攻撃にしろよ！　危ないな！　こういう魔法は苦手なんだ、なにせ見様見真似でやってるだけだからな……エリカなら、もっとうまくやれるんだろうが」

昔運命を見た際に知った、灰色の魔女エリカが大災害から人類を救うために使った大魔法『ノア』を再現する原初の魔物。

「すごいですね、けれど、あなたが助ける必要はなかったんですけどね」

灰色の魔女エリカがアカリのそばに現れる。

「な、エリカいたのか、守り損じゃないか！」

灰色の魔女は思わず笑ってしまうが、何とか、これ以上笑うのを我慢する。

「とんでもない攻撃……一瞬死んだかと思った」

ドラゴンは焦げ付く翼をゆっくり羽ばたかせながら、地面に降りる。

「これはしばらく動けん……あの者、強過ぎではないか」

アカリを見ながらそう言うドラゴン。

「あれは大神に愛されてるからな、特別強く創造されたんだろう」

アカリが大神から溺愛されているのは、大神にとってアカリが最後に創造した存在であるからだろう。

「あの大神に愛されるか……苦労したであろうな」

「だな、俺も遊びに来るたびに散々な目に遭ったもんだ」

魔物は楽しそうに笑う大神の笑顔を思い出す。

「どうした？」

「大神と昔に遊んでた時、思い出してな」

愉快な気分になった原初の魔物はドラゴンにアカリや灰色の魔女エリカに聞こえないように魔法で、ニナの死を偽装するため動いていることを伝える。

「つまり、私が来る目的も知った上で、この茶番に付き合わせたのか……」

「そういうこと、悪いな」

やっぱり、大神と原初の魔物はろくでもないと思うドラゴン。

「これも運命か」

ドラゴンは呟いた。

灰色の魔女エリカはニナの死が偽装されていると気づいた少し前の出来事を思い出す。

「誰か、助けて！」

メイドの服に血が染みていた。

灰色の魔女はメイドに駆け寄る。

「どうしたの、何があったの」

「ニナ女王が……」

凄惨な光景を思い出したのか、恐怖で言葉を詰まらせるメイド。

その言葉を聞き、ニナと瓶の中の魔物がいる部屋に一瞬で転移する灰色の魔女。

「……嘘」

血に染まった床、抉られた壁。

部屋の酷い有様に想像したくないことを想像してしまう灰色の魔女。

思わず後ずさり、空の瓶が足に当たり、小さな音を出す。

床に落ちた瓶に足が当たった小さな音に少し怯える灰色の魔女。

そして、空の瓶が灰色の魔女の恐怖をさらに高める。

原初の魔物は封印から解き放たれた。

外でドラゴンが原初の魔物と共に飛び去り、置いていかれたニナの死体が王宮に運び込まれる。


灰色の魔女は、先ほど起きた出来事を受け止められずにいた。

「なんということだ、あってはならない！　こんなことはあってはならない！」

ウィッツがそう言うのを灰色の魔女はニナの家臣たちと聞いていた。

原初の魔物の見た運命通り、ニナは戴冠式の日に亡くなった。

自身と瓜二つの子孫であるニナは今や物言わぬ亡骸となっている。

ニナの亡骸におもむろに近づき、その傷ついた亡骸に魔法をかける。

「ごめんなさい、私にできるのはこれくらいしかない」

ニナはまるで眠っているように見えるほどに綺麗な亡骸となった。

灰色の魔女は、ニナの亡骸に違和感を覚える。

「これ……」

「うわ！」

原初の魔物に無数の魔力の塊が迫る！

驚きつつも原初の魔物は咄嗟に炎の壁を創り出し、無数の魔弾を焼き尽くす。

炎の壁を突き破り、黄金の剣を引っ提げてアカリが原初の魔物の懐に入り込む！

「何で俺の炎効かないんだよ！」

「心頭滅却すれば火もまた涼し……ですので効きませんよ！」

そう言いながら、原初の魔物に斬りかかるアカリ。

原初の魔物は瞬時に小さくなり、間一髪でアカリの斬撃を避ける！

「な、そんな回避ありですか」

「五月蝿い！　お前こそ滅茶苦茶やってんじゃねえよ！」

アカリよりも小さくなった原初の魔物が自身の炎が通じないアカリに文句を言う。

「これでも食らえ！」

腕を瞬時に巨大化させ、その腕が空間さえ切り裂く勢いでアカリに迫る！

空に舞う紙のように、ひらりと回避するアカリ。

「避けられた⁉」

攻撃を回避され、一瞬できた隙を突かれる原初の魔物。

その時。

「──ッ！」

膨大な魔力の高まりを感じてアカリと原初の魔物は、思わずそちらを見る。

ドラゴンが青い息吹を口元に膨大な魔力と共に集中させている。

「おい、待った！　それ俺も当たるから！」

原初の魔物の制止の声も虚しく、青い息吹の奔流が撃ち放たれる！

アカリは手をドラゴンに翳すと、手のひらに膨大な魔力を集中させる。
そして、黄金の魔力の奔流が撃ち放たれる！
青と黄金の息吹の奔流が激突し、空間が一瞬で真っ白な光に塗り替えられる。

覚醒

「ここは……あれ？　あなたは？」

空が大量の雲で覆われた、灰色の世界で起きる。

「あ、やっと起きた」

アカリに似ている、何者かがニナが起きたことに気づく。

「ここはどこですか」

「あなたと話すために私が創り出した異界」

どこか、どんよりとしている異界。

「死んでしまったのかと思った」

原初の魔物が本当に自分を殺して、あの世に来たのかと思ったニナは、自分が死んでいないことに胸をなでおろす。

「あなたに聞きたいことがあるだけ、少し話したら帰してあげる」

「……分かりました。私に答えられることならば、答えます」

ニナは、すぐに目の前の存在が何か分かった。

自身の神性で魅了される人の気持ちが、自身よりも強い神性を持つ存在と相対することで分かる。

「あなたは何者?」

「何者って言われても……」

「原初の魔物とあなたが出逢った時、魔法使いの王の使った歪曲運命によって失われた運命の大筋が紡がれ始めたの」

「その運命の大筋って何なんですか」

「急に現れて、示すのよ。世界の進む方向を」

「………」

「いつも勝手に現れて示すそれを運命と私は呼んだ。そして、それを守ることが私の使命だとも何となく分かる」

大神は、こう言う。

「あなたなら、これが何なのか分かるかと思って聞いたけど、分からないようね」

「…………」

ニナは答えない。

大神は、唐突にこう言う。

「あ、そうだ。やっぱり、此処から出してあげるのやめよっと！」

笑顔で楽しそうに大神はそう言うのであった。

「え？」

「だって、あなたが生き返らなければ、原初の魔物が困るでしょう？　あれの困り果てる様子を見たいの」

「似てる……」

楽しそうにしている大神と原初の魔物の姿が重なる。

ニナは少し俯き、拳を握る。

そして、すっと顔を上げ、大神を見る。

「大神様は何でも、できるんですよね」

「え？　当然、何でもできるわ。私を誰だと思っているの？」

「言いましたね。できなければ、私を外に出してもらいますよ。そして、一度だけでいいので力も与えてください」

「いいわよ、さあ、何でも良いわ。言ってみなさい」

ニナは、拳を大神へ向け、手を開くとこう言う。

「五秒以内に、世界中で苦しんでいる人々を救ってください！」

「え⁉　できるけど、そんなことできないわ」

ニナの言葉にあわあわと狼狽える大神。

「できないと言いましたね……大神様でさえも運命に縛られているなんて」

大神はニナの言葉を聞いて項垂れる。

ニナは目を覚ます。

天井に手を翳すと魔法使いの王の杖が空間に創造される。

杖を握ると、起き上がるニナ。

部屋には誰もおらず、眠っていたベッドから降りる。

立ち上がると、魔法を行使するべく杖に魔力を漲らせる。


「何だ、この禍々しい魔力？　ニナか」

原初の魔物は、戦闘の最中に城の方角からニナの気配を感じ取る。

「余所見するなんて余裕ですね！」

アカリが原初の魔物に迫り、黄金の剣で斬りかかる！

「危な！」

体を小さくし攻撃を回避する原初の魔物。

「それズルですよ！　ッ！　え⁉　嘘でしょう⁉」

アカリは世界の異変に気が付く。

空を見上げると雲の流れが逆になり、来た方向へと戻ってゆく。

「な、これって！」

先ほどまでいた原初の魔物がいなくなる。

「私たちだけ置いて時間が遡っている！」

アカリは時間が何者かによって戻されていることに驚愕する。

「私の専売特許を奪ったのは誰ですか！」

「信じられないけど、ニナよ。あの子、私たちを除いて世界の時間を戻しているわ」

魔法使いの王どころか自身でも不可能なことをニナがやっていることに驚きつつ、灰色の魔女エリカはそう言う。

「なんてことだ。信じられない」

白いドラゴンもニナがやっていることを認識し驚愕する。

「え？　何で俺、瓶の中にいるんだ？」

「お帰り」

玉座に座るニナは原初の魔物にそう言う。

「まさか……時間戻したのか！　いったいどうやって⁉」

「……内緒」

「この数時間で、修行して超絶強くなったのか⁉」

「そんなわけないでしょう。時間がないから、行くよ」

「ん？　どこに？」

「魔法使いの王の元へ」

「……え？　どういうこと？」

原初の魔物は、そう言うのであった。

エピローグ　この世界は……

夏であるというのに空は雲に覆われ、雪が降り積もっていた。

人々は寒さに凍えていたが、待望のニナ女王が城から姿を現し、杖を掲げると世界は一変する。

寒さは消え去り、空一面は曇りなき青空が広がる。

ニナ女王の力を目撃した人々は恐れと同時に伝説の再来に心を躍らせた。

彼女が再び杖を掲げると、人々は御伽噺の世界に迷い込んでいた。

「今、皆さんがいるのは、魔法使いの王が生きていた頃の彼の根城。ここは、あなたたちが子どもの頃から知る絵空事の中」

ニナの言葉に思わず玉座を見る人々。

そこには魔法使いの王がいた。

黒いローブを身に纏い、着ている服には独特の紋様が描かれている。

魔法使いの王が玉座から立ち上がり歩みだすとニナは跪く。

魔法使いの王は、その手に王冠を出現させる。

跪くニナの前に立ち止まる。

「君も知ったようだな」

魔法使いの王の言葉に驚愕するニナ。

「一生涯、水の中で泳ぎまわっている魚は、水について何を知っているというのか」

そう言うと魔法使いの王は優しく微笑み、ニナに王冠を授ける。

その時、黄金の毛並みを持つ巨狼が魔法使いの王の傍らに現れる。

巨狼と並び立つ魔法使いの王。

ニナは立ち上がる。

「――――は――――である」

魔法使いの王と黄金の毛並みを持つ巨狼に見送られつつ杖の力を使う。
世界は、元に戻り、幻影は消える。
瓶の中の魔物は魔法使いの王を見て、冷や汗をかいていた。
「トラウマがよみがえったんだが」
瓶の中の魔物以外は、一連の奇跡のような出来事に、心が空になってしまった。
彼女の戴冠式は世界中に知れ渡る。
——魔法使いの王の再来である。

昔、あるところに眠るたびに何度も不思議な夢を見る少女がいた。
少女の見るその夢の話を聞いた人は笑い、おかしな夢だと相手にしなかった。
しかし、人類史上もっとも魔法を扱う才を持って生まれた男は、その少女の夢の話を聞くとこう言った。

「その夢、私は信じよう。君の見た夢は真実であると私が証明してみせよう」

少女の夢を信じた男は、後世に魔法使いの王と讃えられた。


戴冠式は無事に終わり、太陽は沈む。

「魔法使いの王を久しぶりに見たせいで、未だに恐怖で震えてしまっているだろうが」

瓶の中の魔物はニナにそう文句を言う。

「うーん、でも、ああした方が魔法使いの王の再来って感じがするし」

ニナはベッドの上に座っていた。

「ねえ」

「なんだ」

「石碑に書かれた文字、読めたんだけどさ」

「ん、ああ、あの時の」

「なんて書いてあったと思う」

「知らん」

ニナは少し躊躇《ためら》うが、石碑に書かれていたことを魔物に伝える。

「この世界は物語である」

「あ？　なんだって」

「この世界は物語に過ぎないって書いてあったの」

魔物は言われたことが理解できなかった。

「なんじゃそりゃ」

「だから、この世界は現実じゃなくて絵空事なんだって」

「存在しないって言うのか」

「そう書かれていた」

悲しそうに言うニナ。

ニナを見て魔物は笑う。

「なんで悲しそうなんだ」

「だって、私たちは存在しないんだよ」

「どうやって、この世界が物語だって証明するんだ」

「それは……」

「もし、仮に俺たちが物語であるならば、物語ではないと証明することもできない」

魔物は愉快そうに笑う。

そして、こう言う。

「この物語を書いているやつの世界だって物語ではないと証明できないんだろうさ」

「あちらも物語の世界なの？」

「さあ、分からない。書いているやつが存在しているとして、ソイツも分からんのだろう」

魔物はこう言う。

「まあ、気にするな。そんなこと」

ニナが納得のいかない顔をしていると魔物はこう言う。

「明日、考えればいいだろう。もう、夜遅い、寝るといい」

魔物がそう言うと、ニナは唐突に眠気に襲われる。

「おやすみ」

「ああ、おやすみニナ」

ニナは眠る。

著者プロフィール

春野 雅人（はるの まさと）

1996年岐阜県生まれ。

「神は越えられぬ壁を与え給わず」

この言葉が本当かは分からなくても、そうだと信じて壁に向かって突き進むことができる者だけが、壁を越えることができる……らしいですよ。

カバーイラスト：もふなご
イラスト協力会社：株式会社ラポール イラスト事業部

ある少女の人生

2025年4月15日　初版第1刷発行

著　者　春野 雅人
発行者　瓜谷 綱延
発行所　株式会社文芸社
〒160-0022 東京都新宿区新宿1－10－1
電話 03-5369-3060（代表）
03-5369-2299（販売）

印刷所　株式会社暁印刷

ISBN978-4-286-25768-6